Paula Weinbach

Bin ich hochsensibel?

Hochsensibilität bei Frauen

Wie du als hochsensible Frau deine Resilienz erhöhen, Gelassenheit steigern und Stress bewältigen kannst - für mehr Glück und Zufriedenheit.

Originale Erstausgabe Februar 2021
verlegt durch KR Publishing.

1. Auflage

Bibliografische Information der Deutschen Nationalbibliothek

Die Deutsche Nationalbibliothek verzeichnet diese Publikation in der Deutschen Nationalbibliografie, detaillierte bibliografische Daten sind im Internet unter https://portal.dnb.de abrufbar.

Druck/ Auslieferung: Amazon oder Tochtergesellschaft
Independently published

ISBN:
978-3-948593-86-5 [ebook]
978-3-948593-87-2 [Taschenbuch]

Inhalt

Vorwort

Warum bist du so empfindlich? Du bist ganz schön sensibel. Stelle dich mal nicht so an. Findest du deine Reaktion nicht etwas übertrieben? Das ist doch gar nicht so schlimm.

Diese oder ähnliche Fragen und Aussagen hast du eventuell schon einmal gehört. Und das, obwohl du für dich ganz normal empfunden hast. Du hast gewisse Situationen verstärkt wahrgenommen – deine Reize schienen dich überflutet zu haben. Für andere Menschen hingegen schienen diese Momente absolut nicht schlimm zu sein, für dich waren sie überfordernde Momente, die dir zugesetzt haben. Letztendlich kann es jedoch daran gelegen haben, dass du hochsensibel bist.

Damit du herausfinden kannst, ob du hochsensibel bist, hilft dir dieses Buch dabei. Dafür wirst du zunächst grundlegend in die Thematik eingeführt, damit du einen Überblick bekommst. Anschließend geht es vertiefend um die Merkmale und Eigenschaften hochsensibler Menschen, die dir dabei helfen sollen, besser einschätzen zu können, ob eine Hochsensibilität bei dir vorhanden sein könnte. Danach folgt ein Selbsttest, der dir noch weiter bei der Einschätzung helfen soll.

Nachdem der Test abgeschlossen ist, wird die hochsensible Frau näher betrachtet. Dabei geht es auch darum, ob es überhaupt einen geschlechtsspezifischen Unterschied gibt und welche Besonderheiten vorhanden sind. Darauf folgt die Betrachtung des Lebensverlaufs in verschiedenen Entwicklungsstufen mit Hochsensibilität.

Zu guter Letzt folgt nach der Theorie die Praxis. Du bekommst praktische Tipps, Tricks, Strategien und Übungen, um deine Hochsensibilität zu deiner Wunderwaffe zu machen. Auch die Unterstützung durch Außenstehende behandelt eines der letzten Kapitel. Dementsprechend bekommst du mit diesem Buch das Rundum-sorglos-Paket für das Thema Hochsensibilität bei Frauen.

Ich wünsche dir viel Erfolg mit diesem Buch

Deine Paula Weinbach

Unser Geschenk an dich!

Vielen Dank für den Kauf von diesem Buch und deinem damit verbundenen Vertrauen in uns als Herausgeber und in Paula Weinbach als Autorin dieses großartigen Buchs. Das bedeutet uns wirklich viel, weshalb wir dir den Ratgeber „Habit Hacks – 10 unscheinbare Schlüssel Gewohnheiten, die dein Leben verändern," als Download schenken – vollkommen gratis! Zudem möchten wir dir die Möglichkeit eines direkten Austauschs mit der Autorin anbieten. So kannst du z.B. deine Fragen, dein Feedback oder deine Anregungen Paula zukommen lassen – eine tolle Möglichkeit für die Kommunikation zwischen Leser und Autorin!

Diese kleinen und unscheinbaren Schlüssel Gewohnheiten verändern dein Leben - erfahre:

- ✓ wie eine kleine Veränderung beim Duschen deine Disziplin stärkt und dir einen Energiekick verschafft...
- ✓ wie eine Prise Salz dir einen Kickstart am Morgen verschaffen kann...
- ✓ wie eine kleine Einstellung an deinem Smartphone & Computer deinen Schlaf verbessert...
- ✓ noch weitere geniale und unscheinbare Habit Hacks!

Wenn du bereit bist, dein Leben mit einigen simplen Habit Hacks auf das nächste Level zu bringen, dann schaue am Ende nach deinem persönlichen Zugang.

Kapitel 1: Hochsensibilität erkunden

"Hochsensibel zu sein, bedeutet wie ein Schmetterling zu leben: Wir verlieben uns in Blumen und Farben, flattern der Sehnsucht entgegen, sind verletzlich und schön. Auch der kleinste Flügelschlag hat eine Wirkung auf das Ganze. Unterschätze niemals, wie wichtig Du für das Leben bist."

SYLVIA HARKE

(Psychologin und HSP-Coach)

Womöglich hältst du dieses Buch in den Händen, weil du dich selbst für hochsensibel hältst. Möglicherweise bist du aber auch eher zufällig auf dieses Thema gestoßen. Vielleicht kennst du das Gefühl, immer schon irgendwie anders gewesen zu sein als andere. Fühlst du dich häufig „fremd" in dieser Welt? Hast du oft den Eindruck, du nimmst Dinge, Farben, Gerüche, Berührungen, Emotionen oder zwischenmenschliche Interaktionen anders, intensiver, überwältigender wahr, als andere Menschen es tun? Bist du schnell gestresst und gereizt oder oft überfordert von den vielen Eindrücken, Begegnungen, Erlebnissen und Anforderungen, mit denen du im Alltag konfrontiert wirst? Warst du vielleicht immer schon das „Sensibelchen" oder überfordern dich Empfindungen und Gefühle – auch die anderer Personen – schnell? Fällt es dir schwer, dich gegenüber Stimmungen deines Gegenübers abzugrenzen? Vielleicht kannst du sie sogar manchmal spüren, als wären sie deine eigenen? Bekommst du oft zu hören, du wärst zu empfindlich oder du würdest dich oft anstellen?

Wenn dir einige dieser Aspekte vertraut sind, dann ist es tatsächlich gut möglich, dass du eine hochsensible Person, kurz HSP, bist. Hochsensibilität hat unzählige „Gesichter" und Ausprägungen und kann sich durch unterschiedliche Wahrnehmungen und Reaktionsmuster zeigen. Dabei handelt es sich jedoch bei weitem nicht um rein negative Aspekte. Hochsensibilität hat nämlich neben den vielen Aspekten, die sich belastend für hochsensible Personen auswirken können, auch viele positive Seiten. Vielleicht kannst du diese auch bei dir selbst

erkennen, es können Dinge sein, wie zum Beispiel ein außerordentlicher Blick für schöne Details, ein besonderes Gespür im Umgang mit anderen Menschen oder ein ausgeprägtes Feingefühl für Situationen. Ich bevorzuge es daher, bei Hochsensibilität nicht von einem Problem oder einer Beeinträchtigung zu sprechen, sondern sie als eine Gabe zu betrachten. Mit diesem Buch möchte ich dir helfen, besser und leichter mit dieser besonderen Gabe zu leben und sie für dich zu nutzen.
Auf das Thema aufmerksam geworden bin ich durch die Geschichte meiner engen Freundin Anna, die für mich zu einer wichtigen Ansprech- und Austauschpartnerin im Bereich Hochsensibilität geworden ist. Als ich mit der Arbeit an diesem Buch begonnen habe, bat ich sie, ihre Erfahrungen niederzuschreiben, um diese mit mir, dir und allen anderen Lesern zu teilen. Es sind ihre persönlichen Erfahrungen mit Hochsensibilität:

Ich habe lange Zeit meines Lebens große Probleme damit gehabt, mit meiner Hochsensibilität zu leben. Bereits seit meiner Kindheit hatte ich stets das Gefühl, irgendwie anders als die anderen zu sein. Kein Wunder, denn immer wieder wurde mir von meiner Umwelt signalisiert, dass ich überempfindlich sei, mir Dinge nicht so sehr zu Herzen nehmen sollte. Wenn mir Dinge auffielen, die andere gar nicht wahrzunehmen schienen – zum Beispiel der intensive Duft einer Blume, das melodische Zwitschern eines Vogels oder wunderschönes Licht und Farben bei einem frühen Waldspaziergang – und diese ansprach, erntete ich dafür nicht selten irritierte Blicke oder Kommentare. Oft fühlte ich mich in diesen Situationen sehr unwohl und ich hörte auf, meine zahlreichen, intensiven Eindrücke und Empfindungen mit anderen Menschen zu teilen. Ich war mir sicher, irgendetwas stimmte mit mir nicht – nur was, das wusste ich nicht.

Mein Blick auf mich und meine Mitmenschen diesbezüglich änderte sich erst, als ich eher zufällig auf einen Artikel über das Phänomen der Hochsensibilität stieß. In diesem wurde genau das beschrieben, was ich mein Leben lang schon erlebt hatte. Ich erinnere mich noch ganz genau an diesen Moment. Es durchfuhr meinen ganzen Körper und ich fühlte

plötzlich eine Art Erleichterung. Ich war nicht allein! Und vor allem hatte ich nun eine Idee davon, was mit mir los sein könnte.

Ich begann mich sehr intensiv mit dem Thema Hochsensibilität zu beschäftigen. Je mehr ich darüber lernte, desto mehr begann ich mich selbst, meine Wahrnehmungen, meine Gefühle und meine Reaktionsmuster zu verstehen. Und ich konnte dieses neue Wissen positiv für mich in meinem Alltag nutzen. Denn mit dem Wissen über meine Hochsensibilität konnte ich nun besser für mich selbst sorgen, meine Bedürfnisse besser erkennen und berücksichtigen und auch meinen Umgang mit anderen Menschen oder herausfordernden Situationen besser managen. Aber nicht nur das: Mit dem entsprechenden Wissen über Hochsensibilität ist es außerdem möglich, diese Eigenschaft ganz gezielt als Chance – oder eben „Gabe" – zu nutzen.

Insbesondere in unserer heutigen Zeit, in der wir unentwegt Reizen – dies können Informationen, Angebote und Werbung, Benachrichtigungen, Dauerbeschallung durch Klingeltöne, Musik, Verkehrslärm oder viele andere nicht-natürliche Geräusche, künstliches Licht, Leuchtreklamen und Bildschirme sowie viele weitere sein – ausgesetzt sind, haben ohnehin schon viele Menschen Probleme, mit dieser Überflutung zurecht zu kommen. Was für den Durchschnittsmenschen bereits anstrengend ist, stellt für hochsensible Menschen eine noch größere Herausforderung dar. Um sich selbst zu schützen, das eigene Wohlbefinden zu erhalten und psychischen Problemen vorzubeugen, ist es in der heutigen Zeit so wichtig wie noch nie, die „Gabe" der Hochsensibilität bewusst für sich zu nutzen. Damit dies gelingt, müssen die eigene Hochsensibilität jedoch zunächst als solche erkannt und hilfreiche Strategien kennengelernt und geübt werden.

Und genau das möchte ich auch dir ermöglichen. Mit diesem Buch erhältst du neben den theoretischen Grundlagen zum Thema Hochsensibilität und Einblicken in die Lebenswelt von hochsensiblen Frauen nützliche Tipps und Hilfestellungen für den Umgang mit dir selbst und anderen sowie für eine positive und gesunde Gestaltung und Organisation deines Alltags.

Was ist Hochsensibilität/HSP?

Das Wichtigste zunächst vorab: Bei Hochsensibilität handelt es sich nicht um eine Krankheit, sondern um eine spezifische Ausprägung neurophysiologischer, also mit dem Nervensystem zusammenhängender, beziehungsweise psychologischer Merkmale. Die fachliche Auseinandersetzung mit dem Phänomen der Hochsensibilität hat ihre Anfänge im US-Amerikanischen Raum und wurde dort in den 1990er Jahren von der Psychologin Elaine Aron geprägt. Aron, die als Pionierin auf dem Forschungsgebiet der Hochsensibilität gilt, führte im Rahmen ihrer wissenschaftlichen Tätigkeit zu diesem Phänomen zu jener Zeit den Begriff der „Sensory Processing Sensitivity" (SPS) ein – auf deutsch „erhöhte sensorische Verarbeitungsempfindlichkeit". Im deutschen Sprachraum haben sich im Laufe der Zeit im Alltagsgebrauch und den Medien die Begriffe „Hochsensibilität", „Hypersensibilität" oder auch „Hypersensitivität" durchgesetzt. Zur Beschreibung hochsensibler Personen ist außerdem die Abkürzung HSP, kurz für „Highly Sensitive Person", beziehungsweise „hochsensible Person" sehr gebräuchlich.

Was aber bedeutet der Begriff Hochsensibilität eigentlich genau?

Der Begriff der Hochsensibilität beschreibt ein Persönlichkeitsmerkmal von Menschen, die über eine dauerhaft erhöhte Empfindlichkeit im Bereich der Wahrnehmung physischer, emotionaler und sozialer Reize sowie der Verarbeitung dieser wahrgenommenen Reize verfügen. Das bedeutet, dass betroffene Personen über ein intensiveres Erleben bezüglich bestimmter Aspekte, beispielsweise Gerüche, visuelle Reize, körperliche Empfindungen wie Hunger oder Durst, Geschmäcker, Temperaturen, Berührungen, Geräusche und insbesondere Lärm, Stimmungen und Gefühle oder sonstige Umweltreize bezie-

hungsweise -einflüsse verfügen. Außerdem werden diese Reize anders als bei den meisten Menschen verarbeitet. Dementsprechend fallen auch die Reaktionen auf diese anders aus als bei den meisten anderen Menschen – sowohl in negativer als auch in positiver Hinsicht. So sind hochsensible Personen unter anderem leichter erregbar und neigen in höherem Maße zur inneren Auseinandersetzungen und Reflexionen im Hinblick auf Reize, eigene Empfindungen und Gefühle. Aron geht davon aus, dass etwas 15 bis 20 Prozent aller Menschen hochsensibel sind, wobei sich viele betroffene Personen dessen jedoch nicht bewusst sind. Im Rahmen einer Studie von Lionetti konnte sogar etwa ein Drittel der Versuchspersonen der Gruppe der Hochsensiblen zugeordnet werden. Es wird davon ausgegangen, dass die Wahrnehmungsprozesse im Gehirn von hochsensiblen Menschen viel präziser und feiner ablaufen als bei der durchschnittlich-sensiblen Bevölkerung.

Natürlich verfügen grundsätzlich alle Menschen über eine unterschiedliche Wahrnehmung und Reaktionsmuster. Während die einen schneller durch einen hohen Lärmpegel gestresst sind, lassen andere sich dadurch gar nicht stören. Während einige Menschen eine sehr sensible Nase haben, können andere Menschen selbst den unangenehmsten Geruch problemlos ertragen. Die Einen werden bei jedem romantischen Film schnell zu Tränen gerührt, andere lässt das völlig kalt. Wir alle sind diesbezüglich grundsätzlich verschieden und werden beeinflusst von unseren genetischen und physiologischen Grundlagen sowie unseren Entwicklungs- und Lernprozessen im Lebensverlauf. Genau genommen ist es so, dass hochsensible Menschen nicht empfindlicher oder gar überempfindlich sind, weil sie grundsätzlich weniger Reize aushalten können als andere Menschen, sondern nehmen sie einfach viel mehr Reize wahr.

Körperliche Besonderheiten

Aufgrund der neurophysiologischen Besonderheiten bei Hochsensibilität zeigen sich bei betroffenen Personen auch typische körperliche Besonderheiten. Hochsensible Menschen fühlen sich aufgrund ihrer besonderen Wahrnehmungs- und Reizverabeitungseigenschaften häufiger und auch schneller in viel höherem Maße überreizt, weil alles viel intensiver wahrgenommen wird. So berichten hochsensible Personen beispielsweise, dass sie Farben, Musik oder Gerüche so intensiv wahrnehmen, dass sie sie fast schon körperlich spüren können. Geräusche können dann zum Beispiel Schmerzen verursachen. Und nicht nur das: Es wird auch viel mehr wahrgenommen. Das Gehirn des Menschen verfügt in der Regel über eine Art Filter, der unentwegt wichtige von unwichtigen Reizen sortiert, um uns vor Überlastung durch Reizüberflutung zu schützen und unseren Alltag zu vereinfachen.

Dieser Filter fehlt bei Hochsensibilität. Daher dringen *alle* Reize ungefiltert in das Wahrnehmungssystem ein. Dies kostet viel Energie und bedeutet größere Anstrengungen im Alltag, da all diese Reize irgendwie verarbeitet werden müssen. Diese schnelle Überreizbarkeit hat vielfältige Auswirkungen auf die alltägliche Lebensgestaltung hochsensibler Menschen. So fühlen sich HSP in größeren Gruppen oder Menschenansammlungen oft unwohl, sie haben häufig ein starkes Bedürfnis nach Ruhepausen und Rückzugsmöglichkeiten, fühlen sich vom Leid anderer Personen oder gar der ganzen Welt schnell überwältigt und wirken oft nachdenklich bis niedergeschlagen.

Sie reagieren schneller emotional, gestresst, gereizt. Aufgrund ihrer übermäßigen Reizverarbeitung und der intensiven Reaktionen, sind sie zudem schneller müde und erschöpft und brauchen mehr Erholung, um ihre „Akkus“ wieder aufzuladen. All dies wird von ihren Mitmenschen nicht selten mit Irritation oder Unverständnis beantwortet.

Dieses Fehlen des Filters sorgt also dafür, dass hochsensible Personen empfindlicher beziehungsweise weniger widerstandsfähig sind als der Rest der Bevölkerung. Es findet sich in der Literatur zur Hochsensibilität eine Metapher, die die Unterschiede zwischen hochsensiblen und durchschnittlich-sensiblen Menschen auf schöne und nachvollziehbare Weise beschreibt. Diese handelt von der Orchidee und dem Löwenzahn. Orchideen symbolisieren darin die hochsensiblen Menschen: Unter optimalen Voraussetzungen wachsen und gedeihen diese sehr gut. Sobald die Bedingungen für sie schlechter werden, wirkt sich dies unmittelbar negativ auf ihren Zustand aus. Löwenzahn hingegen ist ausgesprochen widerstandsfähig im Hinblick auf unterschiedliche Umweltbedingungen und kann auch bei nicht-optimalen Voraussetzungen noch gut wachsen und gedeihen. Er repräsentiert die durchschnittlich-sensiblen Menschen.

Die gute Seite dieser neurophysiologischen Besonderheit des fehlenden Filters bei hochsensiblen Menschen ist jedoch, dass sie aufgrund ihrer besonders empfindlichen Wahrnehmung auch sehr viel sensibler für die Signale sind, die ihr eigener Körper ihnen sendet. Das wiederum ermöglicht es ihnen, frühzeitig zu reagieren und schädliche Bedingungen und Einflüsse zu beseitigen oder zu vermeiden. Das Nervensystem und im Grunde genommen der ganze Körper sind quasi das individuelle Frühwarnsystem bei negativen Lebens- und Umweltbedingungen.

Oft werden bereits kleinste Unstimmigkeiten oder Ungleichgewichte, beispielsweise im Magen-Darm-Trakt, bei Entzündungsherden, Nährstoffmangel, Problemen im Herz-Kreislauf-System oder Stoffunverträglichkeiten, durch die ausgeprägte Sensibilität sehr früh wahrgenommen. Wenn man sich seiner Hochsensibilität bewusst ist, können diese Anzeichen mit einer erhöhten Achtsamkeit bewusst in den Blick genommen und entsprechende Veränderungen hinsichtlich der Auslöser vorgenommen werden. HSP nehmen ihre körperlichen Warnsignale teilweise bereits so früh wahr, dass sie von der modernen Medizin

noch gar nicht festgestellt werden können, weshalb sie manchmal leider als Hypochonder abgetan werden.

Einige hochsensible Menschen sind sich dieser frühen Signale hingegen nicht bewusst und warten daher oft zu lange, um etwas dagegen zu unternehmen. Erst wenn sich die Probleme verschlimmern oder sich Erkrankungen daraus ergeben, beginnen sie, zum Arzt zu gehen oder einen Blick auf die Ursachen zu werfen und sie zu beheben.

Eine weitere körperliche Besonderheit von hochsensiblen Personen ist die Neigung zu Allergien. Eine Allergie stellt eine körperliche Überreaktion auf bestimmte, in der Regel körperfremde Stoffe dar. Diese dringen beispielsweise über die Atemluft, die Nahrung oder auch Berührung in den Körper ein. Je nach individueller Empfindlichkeit – bei HSP ist diese in der Regel deutlich erhöht – reagiert der Körper auf diese „Eindringlinge" und beginnt, dagegen zu kämpfen – zum Beispiel gegen Pflanzenpollen, chemische Zusatzstoffe in Kosmetik- oder Reinigungsprodukten oder Nahrungsbestandteile wie Laktose, Gluten oder Fruchtsäuren.

Auch in dieser Hinsicht fehlt es hochsensiblen Menschen oft an einer Art Filter und an Widerstandskraft. Sie bekommen nicht nur häufiger Allergien, sondern sind die allergischen Reaktionen nicht selten auch stärker ausgeprägt. Die unangenehmen Symptome einer Allergie, wie Juckreiz und brennende Haut, Schwellungen, Bauchschmerzen und Krämpfe sowie tränende Augen erleben sie sehr viel intensiver als durchschnittlich sensible Menschen.

Diese stärkere Empfindlichkeit gegenüber körperfremden Stoffen gilt im Übrigen auch in Bezug auf Medikamente. Oft reagieren sie bereits auf geringe Dosierungen oder entwickeln Allergien gegen pharmazeutische Inhaltsstoffe. Bei der Einnahme von neuen Medikamenten sollten hochsensible Menschen daher stets langsam vorgehen und hinsichtlich der Dosierungen Vorsicht walten lassen. Denn was für „normale" Menschen gesund und hilfreich ist, kann bei HSP bereits eine Überdosierung darstellen.

Eine weitere körperliche Besonderheit bei hochsensiblen Menschen ist ihre erhöhte Anfälligkeit für stressbedingte Krankheiten. Da HSP eine empfindlichere Wahrnehmung haben, fällt es ihnen schwerer abzuschalten und zu entspannen. Sie lassen sich dabei durch Geräusche, oder andere Personen eher stören und brauchen nach einer Störung länger, um wieder in den Zustand der Entspannung zurückzukehren. Diese spezifischen Eigenschaften führen bei hochsensiblen Menschen schnell zu einer Art Dauerstress.

Ist das Nervensystem dauerhaft oder in erhöhtem Maße Stress ausgesetzt, wird neben dem kurzzeitig ausgeschütteten Stresshormon Adrenalin auch vermehrt Cortisol freigegeben, was den Körper in eine Art Zustand permanenter Alarmbereitschaft versetzt. Studien konnten zeigen, dass dies bei HSP stärker ausgeprägt ist als bei nicht-hochsensiblen. Daraus ergeben sich verschiedene Auswirkungen. Zunächst wird es dem Körper durch das Cortisol, auch nach Ende der Stress- beziehungsweise Stör-Situation erschwert, sich wieder zu entspannen, was sogar bis hin zu Schlafstörungen führen kann. Besonders problematisch daran ist, dass ausreichend Schlaf wiederum notwendig ist, um Cortisol schnell abzubauen. Auch die Konzentrationsfähigkeit wird durch den erhöhten Cortisolspiegel, der zudem nur sehr langsam abgebaut wird, beeinträchtigt.

Darüber hinaus hat ein dauerhaft erhöhter Cortisolspiegel Auswirkungen auf die Gesundheit. So wird dadurch unter anderem das Immunsystem geschwächt und die Anfälligkeit für Infekte erhöht, das Gedächtnis wird negativ beeinflusst und durch die Wirkung des Cortisols auf den Appetit und den Magen-Darm-Trakt kann es sogar zu Essstörungen kommen. Eine anhaltende, erhöhte Cortisolausschüttung kann außerdem zu Bluthochdruck und anderen Herz-Kreislauf-Problemen führen und das Knochen- und Skelettsystem schwächen.

Ursachen für Hochsensibilität

Bezüglich der Ursachen für die neurologischen Besonderheiten, die die Hochsensibilität ausmachen, existieren verschiedene Annahmen und Erklärungsmodelle. Die genauen Entstehungsprozesse sind jedoch bislang ungeklärt. Einigkeit besteht weitgehend darüber, dass es sich um ein neurophysiologisches Phänomen handelt, das aus einer spezifischen Konstellation der neuronalen Systeme, die für die Reizverarbeitung zuständig sind, resultiert.

Aron geht davon aus, dass es sich bei der Ursache für diese spezifischen neuronalen Prozesse der Reizwahrnehmung und -verarbeitung sowie den Reaktionen darauf in erster Linie um eine genetische Disposition handelt, die vererbt wird. Andere Forscher auf dem Gebiet der Hochsensibilität nehmen an, dass sich die Entstehung von Hochsensibilität in der Regel nicht auf eine einzige Ursache zurückführen lässt, sondern individuell unterschiedliche Ursachen haben kann oder oft sogar durch verschiedene Faktoren, die zusammenkommen, ausgelöst wird.

Als wichtigste Faktoren hierfür werden das individuelle Temperament, die persönlichen Erfahrungen sowie Umwelteinflüsse betrachtet. Das Temperament basiert auf der jeweiligen genetischen Veranlagung sowie Faktoren, die während der Entwicklung des fetalen Gehirns im Mutterleib wirken und die einen Menschen unterschiedlich empfindlich für die Wahrnehmung und Verarbeitung von Reizen machen.

GLOCKENGELÄUT ANNENKIRCHE

Hierzu zählen individuelle Eigenschaften wie die Affektivität, Antrieb und Motivation sowie die Selbstregulation. Auch werden Merkmale wie Aufmerksamkeitsspanne und Ablenkbarkeit, die neuronale Reizschwelle und Reaktionsintensität sowie die individuelle Ausdauer als relevant im Zusammenhang mit Hochsensibilität betrachtet. Die temperaments-bezogenen Merkmale sind bei einem Menschen im Lebensverlauf relativ stabil und bestimmen die grundsätzlichen Denk-, Gefühls- und Verhaltenstendenzen einer Person. Das bedeutet jedoch

nicht, dass eine Person sich immer auch tatsächlich gemäß dieser Veranlagung verhält.

Zu den umweltbedingten Faktoren, die die Entstehung von Hochsensibilität beeinflussen, zählen insbesondere die frühen Lebenserfahrungen, das erlebte Erziehungsverhalten, das Ausmaß, in dem soziale Unterstützung erfahren wird, sowie weitere dauerhaft vorhandene Umwelteinflüsse.

Studien zeigten bislang keinen Unterschied bezüglich der Fürsorglichkeit und Warmherzigkeit der Eltern bei hochsensiblen und nicht-hochsensiblen Kindern, jedoch scheinen hochsensible Menschen häufiger mit bevormundenden beziehungsweise stark kontrollierenden Eltern aufzuwachsen. Daher ist es möglich, dass dies einen Faktor darstellt, der die Wahrscheinlichkeit für die Entstehung von Hochsensibilität erhöht.

Im Hinblick auf die konkreten neurophysiologischen Prozesse wird angenommen, dass bei HSP neuronale Verbindungen und Hirnstrukturen, die dafür sorgen, dass Reize gefiltert und Reaktionen darauf gedämpft werden, in geringerem Maße vorhanden sind als bei anderen Menschen. Dies führt dazu, dass die Großhirnrinde – in der Fachsprache der cerebrale Cortex –, die für die Reizwahrnehmung und -verarbeitung zuständig ist, viel stärker erregt wird.

Darüber hinaus können auch bestimmte Strukturen innerhalb des Thalamus – einem Teil des Zwischenhirns – die Entstehung von Hochsensibilität begünstigen, da in diesem Hirnbereich alle Sinneswahrnehmungen – abgesehen vom Geruchssinn – zunächst „gebündelt“ werden, bevor sie an das Großhirn weitergeleitet werden. Im Thalamus wird quasi entschieden, wie wichtig ein Reiz ist und ob er überhaupt zur Verarbeitung weitergeleitet wird.

Ebenso wird es für möglich gehalten, dass der Hypothalamus, der das Nervensystem und sämtliche Empfindungen und Gefühle kontrolliert und steuert, im Zusammenhang mit Hochsensibilität eine Rolle spielt.

Bereits leichte Dysbalancen im Hypothalamus können zu Störungen der Reizverarbeitung und Reaktionen darauf führen.

Forschungsstand zu Hochsensibilität

Trotz bereits bestehender Forschungserkenntnisse herrscht von wissenschaftlicher Seite her jedoch Uneinigkeit darüber, inwiefern es sich bei Hochsensibilität um ein klar eingrenzbares Phänomen handelt. So wird von Seiten der Neurologie beispielsweise vorgebracht, dass sich das Konstrukt der Hochsensibilität nicht eindeutig bestimmen und abgrenzen lässt. Es sei unnötig, sich mit diesem Konstrukt zu beschäftigen, da es viele Überschneidungen mit anderen psychologischen und neurophysiologischen Phänomenen und Störungen, beispielsweise dem Burnout-Syndrom, gebe, von denen sich die nicht klar definierte Hochsensibilität nicht eindeutig abgrenzen lasse. Diesbezüglich weist Aron jedoch darauf hin, dass hochsensible sich von Menschen mit Burnout-Syndrom oder Depressionen darin unterscheiden, dass sie nicht nur negative Emotionen, sondern auch positive Gefühle stärker empfinden.

Auch in der Disziplin der Psychologie wird aufgrund der Uneindeutigkeit der Konzeption von Hochsensibilität teilweise angezweifelt, dass es sich hierbei um ein klar definierbares Phänomen handelt, das sich zur Beschreibung der Eigenschaften und Merkmale, die bei bestimmten, als hochsensibel bezeichneten Menschen beobachtetet werden, eignet oder ob es sich dabei um Persönlichkeitsmerkmale handelt, die auf andere Phänomene und Störungen zurückzuführen sind.

Dennoch erfährt das Thema Hochsensibilität seit einigen Jahren zunehmende Aufmerksamkeit – nicht nur in den Medien, sondern auch in der wissenschaftlichen Forschung. Wie du bereits weißt, gilt Aron als Pionieren in der fachlichen Auseinandersetzung mit Hochsensibilität. Ganz neu war das Thema aber auch in den 1990er Jahren nicht. Bereits davor gab es Wissenschaftler, die sich mit der unterschiedlichen Wahrnehmung und Reizverarbeitung von Menschen beschäftigt

haben, jedoch gab es hier noch nicht die von Aron eingeführte Bezeichnung „Hochsensibilität“.

Im Vorfeld zu Arons Forschungen wurde beispielsweise untersucht, inwiefern körperliche Aspekte, insbesondere neurologische Merkmale, im Zusammenhang mit dem Thalamus, der die erste „Sammelstation“ für fast alle eintreffenden Reize ist, für eine erhöhte Reizempfindlichkeit und -verarbeitung verantwortlich sind. Zudem wurden bestimmte Aspekte einer erhöhten Reiz-Sensibilität auch im Bereich der Epilepsie-Forschung untersucht. Im Rahmen dieser Forschungsaktivitäten konnte schon früh erkannt werden, dass Empfindlichkeiten gegenüber bestimmten Reizen durchaus körperlich beziehungsweise neurophysiologisch bedingt sein können und sich auf verschiedene andere Bereiche auswirken können, indem sie beispielsweise Bauchschmerzen oder Konzentrationsschwierigkeiten verursachen.

Darüber hinaus konnten andere Untersuchungen feststellen, dass sich zwischen eher schüchternen und eher extrovertierten Kindern Unterschiede hinsichtlich der Neurophysiologie finden lassen, beispielsweise bezüglich der Reaktionsmuster des Nervensystems sowie der Ausschüttung von Noradrenalin und Cortisol, welche Hormone sind, die vom Körper in Stresssituationen ausgeschüttet werden, um ihm zu helfen diese zu bewältigen.

Insgesamt wurden in der Vergangenheit verschiedene Methoden entwickelt, um Hochsensibilität zu erfassen. Diese reichen von Selbsteinschätzungen über Fragebögen bis hin zu körperlichen Messverfahren, wie zum Beispiel bildgebende Verfahren zur Messung von Hirnstrukturen und -aktivitäten. Insbesondere über Letztere konnte nachgewiesen werden, dass hochsensible Menschen oft über eine erhöhte Aktivität bestimmter Hirnareale für spezifische Funktionen verfügen. Diese sind insbesondere die Wahrnehmung, das Einfühlungsvermögen, die Planung von Handlungsabläufen sowie die Einordnung neuer Informationen in das bestehende Wissenssystem.

Im Rahmen von Untersuchungen zur psychischen Widerstandskraft von Menschen konnte außerdem festgestellt werden, dass hochsensible Personen in der Regel leichter erregbar sind, sie eine höhere Sensibilität für ästhetische Reize aufweisen und eine geringere Schwelle zur Wahrnehmung sensorischer Reize aufweisen.

Aron selbst hat in ihren Forschungen nachweisen können, dass hochsensible Menschen häufig einen erhöhten Cortisolspiegel aufweisen, empfindlicher gegenüber körperlichen Empfindungen und Mangelerscheinungen, zum Beispiel Hunger, Durst und Müdigkeit beziehungsweise Schlafmangel sind. Diese Merkmale sprechen dafür, dass der Hypothalamus eine zentrale Rolle im Zusammenhang mit Hochsensibilität spielt.

Aus wissenschaftlicher Perspektive lässt eine Einbindung des Hypothalamus, der Schaltzentrale für unsere Emotionen, zudem darauf schließen, dass es sich nicht um ein genetisch veranlagtes Phänomen handelt, sondern auch durch pränatale – also während der Entwicklung im Mutterleib einwirkende – Faktoren bedingt sein kann, da die Entwicklung des Hypothalamus bei Ungeborenen besonders durch äußerliche Faktoren während der Schwangerschaft beeinflusst werden kann, wie wissenschaftliche Studien zeigen.

Hierzu zählen insbesondere Hunger und Mangelernährung, Stress der Mutter, wie zum Beispiel der Verlust des Partners oder einer anderen nahestehenden Person, aber auch mäßigere Formen von stressenden Belastungen. All diese Faktoren können sich während der Schwangerschaft ungünstig auf die Entwicklung des Gehirns und insbesondere des Hypothalamus auswirken und so dauerhaft das Temperament und damit auch die Sensibilität des Kindes beeinflussen.

Aron hat zur Spezifikation und Eingrenzung von Hochsensibilität eine Skala entwickelt, anhand derer die erhöhte neuronale Reizverarbeitung und damit verbundene typische Verhaltensmuster beschrieben und erhoben werden können. Mit dieser konnte sie nachweisen, dass Personen, die im Rahmen dieses Tests einen erhöhten Wert für die

sensorische Wahrnehmung und Verarbeitung – einen hohen „SPS-Wert“ – aufweisen, häufiger bestimmte Verhaltensweisen zeigen. In der Folge konnte der Test auch statistisch durch andere Forschungsarbeiten abgesichert werden, sodass auch andere Wissenschaftler zu dem Schluss gelangt sind, dass Hochsensibilität als abgrenzbares Phänomen existiert, wenngleich nach wie vor Uneinigkeit darüber besteht. Unklar ist bislang zudem, inwiefern es sich bei Hochsensibilität um ein Merkmal handelt, das stets in gleichem Maße ausgeprägt ist oder es mal mehr und mal weniger stark ausgeprägt sein kann.

Im ICD-11, der aktuellsten „Internationalen statistischen Klassifikation der Krankheiten und verwandter Gesundheitsprobleme”, einem der bedeutendsten internationalen Diagnosemanuale, hat Hochsensibilität keinen Eingang gefunden, was verdeutlicht, dass es sich hierbei nicht um eine Krankheit oder Störung handelt und daher auch keine medizinische oder therapeutische Behandlung nötig ist.

Das Wichtigste in Kürze

- ✓ Hochsensibilität ist ein Persönlichkeitsmerkmal, das auf neurophysiologischen Besonderheiten des Gehirns und des Nervensystems beruht.

- ✓ Hochsensible Personen zeichnen sich durch eine ausgeprägtere Wahrnehmung und Verarbeitung von Reizen aus, die zudem mit entsprechend intensiveren Reaktionen auf diese Reize einhergeht.

- ✓ Die intensivere Reizwahrnehmung und -verarbeitung kann sich auf einen bestimmten Wahrnehmungsbereich oder auch auf mehrere Bereiche zugleich beziehen, zum Beispiel Geschmäcker, Gerüche, Geräusche und Empfindungen.

- ✓ Hochsensiblen Personen fehlt es an einer Art „Filter“ für die Reizwahrnehmung, sodass Umweltreize – wichtige und unwichtige – nicht mehr sortiert und priorisiert werden und alle in das Wahrnehmungszentrum eindringen. Dadurch besteht eine geringere Widerstandsfähigkeit in Bezug auf Umweltreize und es kommt schnell zur Überreizung.

- ✓ HSP weisen aufgrund ihrer spezifischen Reizempfindlichkeit körperliche Besonderheiten auf. Hierzu zählen insbesondere ein sehr gutes körperliches Gespür für schädliche Einflüsse und Dysbalancen, eine erhöhte Allergie-Neigung, Anfälligkeiten des Herz-Kreislauf-Systems und des Verdauungstraktes sowie eine höhere Anfälligkeit für Infekte und stressbedingte Krankheiten. Auch erleben sie die Auswirkungen dieser Besonderheiten intensiver.

- ✓ Die genauen Ursachen und Entstehungszusammenhänge für Hochsensibilität sind noch nicht eindeutig geklärt. Wahrscheinlich tritt Hochsensibilität aufgrund verschiedener Faktoren auf, die zusammenwirken. Hierzu zählen genetische Faktoren, das individuelle Temperament, das Erziehungsverhalten der Eltern und weitere Umwelteinflüsse.

- ✓ In der wissenschaftlichen Forschung herrscht bislang noch Uneinigkeit darüber, ob es sich bei Hochsensibilität tatsächlich um ein klar abgrenzbares, eigenständiges Phänomen handelt. Bisherige Forschungsergebnisse, beispielsweise bezüglich der Hirnaktivitäten, der Ausschüttung von Stresshormonen sowie Tests zur Erfassung der Merkmale von Hochsensibilität sprechen jedoch dafür.

- ✓ Einigkeit besteht in der fachlichen Auseinandersetzung darüber, dass es sich bei Hochsensibilität nicht um eine Krankheit handelt, sodass auch keine Behandlung oder Therapie erforderlich ist, sofern Betroffene nicht übermäßig durch die Auswirkungen dieses Persönlichkeitsmerkmals in ihrer alltäglichen Lebensführung beeinträchtigt werden.

Kapitel 2: Tauche in die Welt der Hochsensibilität ein

Nachdem wir die grundlegenden Aspekte der Hochsensibilität geklärt haben, wollen wir im Folgenden die Thematik vertiefen, um einen umfassenderen Einblick zu bekommen. Woran erkennt man Hochsensibilität?

Merkmale, Eigenschaften und Verhaltensmuster

Wie bereits erwähnt, hat Hochsensibilität umfangreiche Auswirkungen auf das Erleben, das Fühlen und das Verhalten einer Person. Es lassen sich daher bei hochsensiblen Menschen typische Merkmale, Eigenschaften und Verhaltensmuster beobachten. Das bedeutet jedoch nicht, dass sich alle HSP grundsätzlich so verhalten oder so sind. Diese Eigenschaften lassen sich jedoch bei Hochsensiblen deutlich häufiger beobachten als bei durchschnittlich Sensiblen. Ebenso gibt es natürlich auch Menschen, die nicht hochsensibel sind und dennoch typisch-hochsensible Merkmale und Verhaltensweisen zeigen, beispielsweise weil sie unter einer psychischen oder körperlichen Störung leiden, deren Symptome sich mit den Merkmalen von Hochsensibilität überschneiden.

Hochsensible Menschen reagieren zudem nicht unbedingt auf alle Arten von Reizen sensibler, sondern teilweise auch nur in einigen Wahrnehmungsbereichen oder gar nur einem. Auch dies wirkt sich darauf aus, welche Merkmale und Verhaltensweisen sie zeigen und wie diese ausgeprägt sind. Viele hochsensible Personen beschreiben sich selbst als sogenannte Mischtypen, die nicht in allen Sinnesbereichen, aber durchaus in mehreren Bereichen sensibler sind als andere Menschen.

Das sogenannte Big-Five-Modell, das von Psychologen zur Bestimmung von Persönlichkeitsprofilen entwickelt wurde, kategorisiert die Persönlichkeit von Menschen anhand von fünf Dimensionen:

1. **Emotionale (In)Stabilität**
2. **Extrovertiertheit vs. Introvertiertheit**
3. **Offenheit für Neues/neue Erfahrungen**
4. **Anpassungsfähigkeit**
5. **Gewissenhaftigkeit**

Je nach Ausprägung der verschiedenen Dimensionen kann eine Person einem spezifischen Persönlichkeitsprofil zugeordnet werden. Bei HSP ist dies zwar nicht eindeutig zuweisbar, jedoch zeigen sie im Allgemeinen tendenziell stärkere Ausprägungen in den Kategorien Offenheit für Neues, emotionaler Instabilität sowie Introvertiertheit. Sie weisen, wie bereits im Abschnitt „körperliche Besonderheiten“ eine erhöhte Stressanfälligkeit auf, was dazu führt, dass sie unter Druck Probleme haben, Aufgaben zu erledigen.

✓ Emotionale (In)Stabilität

Zum Teil finden sich bei hochsensiblen Menschen Tendenzen zum Neurotizismus im Sinne einer erhöhten emotionalen Verletzbarkeit und Ängstlichkeit. Bedingt wird dies durch die geringe Reizschwelle, erhöhte Erregbarkeit und eher gehemmtes Verhalten. Dies wird darauf zurückgeführt, dass HSP im Allgemeinen stärker dazu neigen, unangenehme Situationen und Zustände zu vermeiden beziehungsweise schnell zu beenden. Außerdem zeigen Untersuchungen, dass hochsensible Personen eine stärkere Tendenz zu Verstimmungen und negativen Emotionen aufweisen als nicht-hochsensible Menschen. Negative Emotionen und Ängstlichkeit sind umso ausgeprägter, je geringer die Reizschwelle und je höher die individuelle emotionale Sensibilität ist. Ebenso wie die Offenheit für Neues, wird auch die Tendenz zu positiven Stimmungen erhöht, wenn eine besonders sensible Wahrnehmung für ästhetische Reize besteht. Dies äußert sich

unter anderem dadurch, dass HSP durch ästhetische Reize, wie ein Musikstück oder ein Gemälde sehr intensiv berührt werden können und ausgesprochen emotional darauf reagieren.

HSP erleben als Reaktion sowohl auf positive als auch auf negative Reize stärkere Empfindungen und Gefühle, weshalb sie schneller und stärker als andere Menschen emotional reagieren. Es gibt außerdem wissenschaftliche Hinweise darauf, dass hochsensible Menschen insbesondere auch stärker positive Gefühle erleben. Dies ist jedoch nur dann der Fall, wenn in der Kindheit ein hohes Maß an Fürsorge und keine Überbehütung erfahren wurde.

✓ Introversion und Schüchternheit

Hochsensible Personen sind oft eher introvertiert, schüchtern und zurückhaltend. Einige Wissenschaftler gehen davon aus, dass das Merkmal der Schüchternheit bei Hochsensiblen nicht unbedingt unmittelbar auf die Eigenschaft der Hochsensibilität zurückzuführen sein muss. Es ist gut möglich, dass es sich dabei vielmehr um eine „Folgeerscheinung“ handelt, die ein Resultat des elterlichen Erziehungsverhaltens im Umgang mit dem hochsensiblen Kind darstellt. So wird angenommen, dass hochsensible Menschen, die unter erschwerten Bedingungen aufwachsen, wie beispielsweise mit familiären Konflikten oder traumatischen Erfahrungen, mit höherer Wahrscheinlichkeit im späteren Leben schüchtern sind und/oder eine stärkere Ausprägung negativer Emotionen aufweisen.

✓ Offenheit für Neues

HSP weisen häufig eine größere Offenheit für neue Menschen und Erfahrungen auf als nicht-hochsensible Menschen. Diese Offenheit ist umso höher, je feiner und intensiver die Wahrnehmung für ästhetische Reize ausgeprägt ist. Diese Offenheit gegenüber Neuen, über die viele HSP verfügen, lässt sich unter anderem auf die spezifischen Reiz-Erregungs-Mechanismen ihres Wahrnehmungssystems zurückführen, die dafür sorgen, dass Hochsensible ständig neuen „Input“ benötigen, um nicht gelangweilt zu sein.

✓ Anpassungsfähigkeit

Vielen hochsensiblen Menschen fällt es grundsätzlich schwer, sich in der „normalen" Welt zurecht zu finden, da sie durch die vielen Reize und Anforderungen eine permanente Überforderung erleben. Zugleich zeigen HSP auf der Verhaltensebene oft Tendenzen zur übermäßigen Anpassung an ihre Mitmenschen. Ein Grund hierfür wird darin gesehen, dass Hochsensible aufgrund ihrer Andersartigkeit im Lebensverlauf oft mit Unverständnis und fehlender Anerkennung konfrontiert werden. Um von anderen akzeptiert zu werden, Zugehörigkeit zu erfahren und Ablehnung zu vermeiden, passen sie sich oft stark an ihre Mitmenschen an. Unter anderem, indem sie ihre eigenen Bedürfnisse und ihre Sensibilität verdrängen und körperliche sowie emotionale Signale missachten. Auch ihre ausgeprägte Feinfühligkeit für die Befindlichkeiten und Stimmungen anderer Menschen trägt zur Überanpassung bei. Sie versuchen stets, anderen gegenüber mitfühlend, freundlich und unterstützend zu handeln und anderen nicht vor den Kopf zu stoßen oder sie zu verärgern, um sich vor negativen Stimmungen zu schützen.

✓ Gewissenhaftigkeit

Aufgrund ihres intensiveren emotionalen Innenlebens sind hochsensible Menschen zudem häufiger und in höherem Maße gewissenhaft und verantwortungsbewusst. Sie sind in ihrem alltäglichen Handeln meist umsichtiger und risikobewusst. Auch im Hinblick auf die Wahrnehmung der eigenen Person sowie eigene Verhaltensweisen und Eigenschaften sind HSP sensibler und selbstkritischer als die meisten anderen Menschen. Die ausgeprägte Gewissenhaftigkeit reicht bei HSP nicht selten bis hin zum Perfektionismus.

Weitere Persönlichkeitsmerkmale, die bei Hochsensibilität häufig verstärkt vorhanden sind, sind Empathie, kognitive Fähigkeiten sowie eine gute Vorstellungskraft und Kreativität.

✓ Empathie

Hochsensible Menschen verfügen oft über eine besonders gute Wahrnehmung der Gefühlszustände anderer Personen und sogar Tiere und können sich sehr gut in andere hineinversetzen. Ein hohes Maß an Mitgefühl und Empathie zählen daher ebenfalls zu den typischen Eigenschaften hochsensibler Personen. Nicht nur in Bezug auf physische, sondern auch auf emotionale und soziale Reize nehmen HSP oft Aspekte wahr, die anderen Menschen meist verborgen bleiben. Durch diese ausgeprägte Empfindsamkeit für und Verbundenheit mit ihrer Umwelt entsteht oft schnell eine besondere Nähe zwischen ihnen und anderen Menschen. HSP zeigen daher zudem starke Tendenzen, für andere Verantwortung zu übernehmen, ihnen zu helfen und in sozialen Situationen angemessen zu handeln. Daher sind HSP in der Regel besonders gute Zuhörer und Streitschlichter und werden von anderen Menschen gerne als Ratgeber in Anspruch genommen. Zugleich sind hochsensible Menschen aufgrund ihrer ausgeprägten Empathie auch leicht durch die Stimmungen anderer Menschen beeinflussbar, sodass diese auf sie „übergehen". Aufgrund ihres starken Einfühlungsvermögens weisen hochsensible Personen auch oft einen ausgeprägten Gerechtigkeitssinn auf.

✓ Kognitive Fähigkeiten

HSP weisen erhöhte Fähigkeiten im Bereich der inneren Auseinandersetzung mit beziehungsweise Reflexion von Reizen, Erfahrungen und sozialen Interaktion auf. Darüber hinaus konnte in Untersuchungen gezeigt werden, dass hochsensible Menschen oft eine stärkere Aktivierung von Hirnbereichen aufweisen, die für die Aufmerksamkeit für visuelle Reize von Bedeutung sind. Dies könnte unter anderem erklären, weshalb HSP ein besseres Auge für Details haben und diese verstärkt wahrnehmen. Auf die kognitive Leistungsfähigkeit, beispielsweise in Prüfungs- oder Wettbewerbssituationen, wirkt sich dies bei den Betroffenen nicht zwangsläufig positiv aus, da sie aufgrund ihrer spezifischen Eigenschaften oft schneller durch derartige Anforderun-

gen gestresst sind, was wiederum die Leistungsfähigkeit beeinträchtigt.

✓ Vorstellungskraft und Kreativität

Hochsensible Menschen verfügen besonders oft über eine ausgesprochen gute Vorstellungskraft und Fantasie und können in großen Zusammenhängen denken. Sie sind oft sehr kreativ und weisen besondere Begabungen in bestimmten Bereichen auf. Studien konnten nachweisen, dass HSP oft über einen besonders guten Einfallsreichtum verfügen und kreative Ideen erfolgreich umsetzen können.

Weitere typische Merkmale von HSP sind außerdem ein ausgeprägtes Harmoniebedürfnis, ein starkes Bedürfnis nach Selbstbestimmung und Unabhängigkeit sowie eine große Begeisterungsfähigkeit.

Abgrenzung zu anderen Phänomenen und Eigenschaften

Aufgrund vielfältiger Überschneidungen der typischen Merkmale von Hochsensibilität mit Symptomen anderer Persönlichkeitsausprägungen oder auch -störungen ist die Abgrenzung nicht immer einfach. Wie du bereits aus dem Abschnitt zum Forschungsstand weißt, wird Hochsensibilität daher auch manchmal als „Begleiterscheinung" anderer Phänomene, wie beispielsweise Autismus abgetan, beziehungsweise nicht als eigenständiges, von anderen Phänomenen und Eigenschaften unabhängig auftretendes Persönlichkeitsmerkmal anerkannt. Im Folgenden möchte ich dir deshalb die häufigsten Phänomene, die in einen Zusammenhang mit Hochsensibilität gebracht werden oder gemeinsame Merkmale aufweisen, vorstellen, um die Unterschiede zwischen diesen und Hochsensibilität zu verdeutlichen.

Hochsensitivität (HS) und Überempfindlichkeit

Die Bezeichnungen Hochsensitivität und Hochsensibilität werden häufig synonym verwendet, was dazu geführt hat, dass viele Menschen dies für ein und dasselbe Phänomen halten. Dies ist jedoch nur zum Teil der Fall. Der Grund für diese synonyme Verwendung der Begriffe liegt in der englischen Bezeichnung für Hochsensibilität – High Sensory Processing Sensitivity beziehungsweise High Sensitive Person – und einer durch Wortähnlichkeiten bedingten Verwirrung: Während im Englischen das Wort „sensitive" eine empfindliche Wahrnehmung beschreibt, meint das englische Wort „sensible" im Deutschen hingegen soviel wie „sinnvoll" oder „vernünftig". In der deutschen Sprache hingegen ist es gebräuchlicher, eine empfindliche Reizwahrnehmung oder besondere Feinfühligkeit durch das Wort „sensibel" zu beschreiben, während „sensitiv" seltener verwendet wird. Der Begriff weist insgesamt in seinem Verwendungskontext eine eher negative Konnotation auf und wird mehr im negativen Sinne für „Überempfindlichkeit", „Reizbarkeit" und „Leichte Kränkbarkeit" verwendet. Es gibt also durchaus Unterschiede zwischen einer erhöhten Sensibilität und einer erhöhten Sensitivität.

Richtig ist aber, dass beide Phänomene nicht selten gemeinsam auftreten. Hochsensibilität beschreibt, wie du bereits weißt, eine erhöhte Wahrnehmung von Reizen über die verschiedenen Sinnesorgane – HSP fühlen, riechen, schmecken, hören mehr und intensivere als andere Menschen. Hochsensitive Menschen hingegen verfügen nicht grundsätzlich über diese erhöhte Sinneswahrnehmung im herkömmlichen, physiologischen Sinne. Hochsensitiv meint in der Regel vielmehr einen weiteren Sinn, über den die meisten Menschen nicht verfügen, der auch als „6. oder 7. Sinn" bezeichnet wird. Oft wird eine solche Wahrnehmung auch als Hellsichtigkeit oder Hellfühligkeit bezeichnet. Sie nehmen bestimmte Phänomene wahr, die sich der alltäglichen Wahrnehmung von Menschen normalerweise entzieht – beispielsweise Energien, Licht, Stimmen. Auch sie sind zudem in der

Regel in einem sehr hohen Maße empathisch und können oft sogar die Empfindungen anderer selbst fühlen und anhand der physischen Signale anderer Menschen, beispielsweise der Mimik, Gestik oder Stimmlage, genau „ablesen", was in ihnen vorgeht. Hochsensitive Menschen verfügen teilweise sogar über eine so ausgeprägte Intuition, dass sie Ereignisse quasi „vorhersehen" können. Zudem weisen Hochsensitive oft eine ausgesprochene Verbundenheit zu Tieren und Natur auf und berichten teilweise, mit diesen kommunizieren zu können. Zusätzlich können hochsensitive Menschen auch hochsensibel hinsichtlich der Reizwahrnehmung und -verarbeitung sein, sind es aber nicht grundsätzlich.

Ebenfalls eng verwandt mit dem Konzept der Hochsensibilität und daher oft synonym verwendet, ist der Begriff der Überempfindlichkeit. Genau genommen beschreibt das Attribut „überempfindlich" jedoch nicht Menschen mit einer neurophysiologisch bedingten intensiveren Reizwahrnehmung und -verarbeitung, sondern vielmehr Personen, die auf emotionaler Ebene sehr empfindlich beziehungsweise sehr verletzbar oder zerbrechlich sind. Überempfindliche Menschen neigen dazu, Aussagen und Handlungen anderer tendenziell negativ zu interpretieren und auf sich zu beziehen und auch emotional impulsiver und intensiver zu reagieren. Während Hochsensibilität ein körperliches beziehungsweise neurologisches Phänomen handelt, stellt Überempfindlichkeit eher ein psychologisches Phänomen dar. Überempfindliche Personen sind oft unsicher, fühlen sich schnell angegriffen, haben Probleme, sich mit ihren eigenen Gefühlen auseinanderzusetzen oder darüber zu kommunizieren und sind oft sehr schnell und leicht reizbar. Hochsensible Menschen hingegen sind in der Regel besonders gut in der Lage, ihre eigenen Emotionen und die anderer Menschen zu erkennen, angemessen zu interpretieren und sich damit auseinanderzusetzen und darüber zu sprechen.

Introvertiertheit

Wie du bereits erfahren hast, weisen hochsensible Menschen eine höhere Wahrscheinlichkeit auf, introvertiert oder schüchtern zu sein. Da diese Eigenschaft bei HSP so oft und ausgeprägt vorhanden ist, wird Hochsensibilität teilweise mit Introvertiertheit gleichgesetzt. Dies ist aber nicht korrekt. Der Begriff „introvertiert“ bedeutet so viel wie „nach innen gerichtet“ oder „auf das Seelenleben gerichtet”. Introvertierte Menschen sind daher Personen, die sich in erster Linie mit ihrem Innenleben, ihren Gedanken, Wahrnehmungen und Gefühlen beschäftigen. Sie sind in Gesellschaft anderer Menschen und insbesondere in Gruppen oft relativ still und zurückhaltend und verhalten sich eher passiv. Ebenso, wie hochsensible Personen introvertiert sein können, es aber nicht unbedingt sind, können introvertierte Menschen hochsensibel sein oder eben auch nicht. Es handelt sich hier um zwei verschiedene Phänomene oder Persönlichkeitsmerkmale, die gemeinsam auftreten können, aber nicht zwangsläufig immer zusammen vorhanden sind.

Hochbegabung

Ähnlich wie mit den zuvor genannten Phänomenen verhält es sich auch mit dem Phänomen der Hochbegabung. Oft werden beide Merkmale in einen gemeinsamen Kontext gebracht oder als eng verwandt betrachtet. Auch dies ist allerdings nicht korrekt. Hochbegabung bezeichnet überdurchschnittliche Fähigkeiten einer Person in intellektueller Hinsicht. Das bedeutet, eine hochbegabte Person verfügt über eine deutliche Begabung in bestimmten Intelligenzbereichen – beispielsweise Mathematik, Musik oder Sprachen – entweder in einem Bereich oder in mehreren. Von einer Hochbegabung spricht man in der Regel ab einem Intelligenzquotienten, kurz IQ, von 130 Punkten. Es gibt Überschneidungen zwischen den Symptomen der beiden Phänomene, wie beispielsweise die Fähigkeit zum sehr komplexen und vernetzenden Denken. Grundsätzlich handelt es sich aber

auch hier um eine klar von der Hochsensibilität abgrenzbare Erscheinung. Auch hier gilt: Hochsensible können zugleich hochbegabt sein und umgekehrt, sind es aber nicht zwangsläufig.

Synästhesie

Der Begriff der Synästhesie bezeichnet ein neurologisches Phänomen, bei dem Sinneseindrücke über mehrere Sinnesorgane, beziehungsweise über die für die jeweiligen Sinnesorgane zuständigen Hirnareale, gleichzeitig wahrgenommen werden. Personen, die diese neurophysiologische Besonderheit aufweisen, können beispielsweise Gerüche nicht nur riechen, körperliche Empfindungen wie Schmerz nicht nur fühlen oder Klänge nicht nur hören, sondern sehen diese dann zum Beispiel auch als Farben. Es ist auch möglich, dass sie Buchstaben oder mathematische Formeln, an die sie denken, als Formen vor sich schweben sehen. Oft haben Buchstaben und Zahlen für Synästhetiker auch bestimmte Farben. Farben und Formen, die sie sehen, können für sie auch einen Klang, Geruch oder Geschmack haben.

Der Grund dafür ist, dass die Hirnareale für die verschiedenen Sinneswahrnehmungen neuronal miteinander verbunden sind, sodass die Wahrnehmung eines Reizes jeweils auch ein weiteres Hirnareal aktiviert wird. Dadurch kommt eine erweiterte Wahrnehmung und Reizverarbeitung zustande. Auf einen einzigen Reiz folgen bei Synästhesie somit zwei Sinneswahrnehmungen gleichzeitig.

Menschen mit Synästhesie weisen darüber hinaus oft weitere typische Merkmale auf, die sich mit den Eigenschaften hochsensibler Personen überschneiden. Hierzu zählen insbesondere eine erhöhte Kreativität, eine bessere Merkfähigkeit und eine ausgeprägte Vorstellungskraft. Auch Synästhetiker verfügen zudem oft über eine ausgeprägtere Detailwahrnehmung sowie ein höheres Maß an Empathie. Trotz der Überschneidungen und Parallelen handelt es sich bei Hochsensibilität und Synästhesie um zwei klar voneinander abgrenzbare neurologische Phänomene.

High Sensation Seeking

Auch beim High Sensation Seeking handelt es sich um ein spezifisches Persönlichkeitsmerkmal, das durchaus mit Hochsensibilität gemeinsam auftreten kann, jedoch nicht unmittelbar mit ihr verbunden ist. Menschen mit dem Merkmal des High Sensation Seekings weisen dauerhaft die Tendenz auf, intensive Erfahrungen, Erlebnisse und Eindrücke zu machen – beispielsweise besonders komplexe, aufregende oder abwechslungsreiche Erfahrungen. Hierfür suchen sie gezielt soziale, emotionale oder physische Situationen, um damit ihr Bedürfnis nach diesem intensiven Erleben zu stimulieren. Dies bedeutet jedoch nicht zwangsläufig, dass sie besonders risikoreiche oder gefährliche Situationen aufsuchen – selbst vorsichtige oder risikoscheue Menschen können High Sensation Seeker sein. Auch beim High Sensation Seeking handelt es sich um ein neurophysiologisches Phänomen, das durch bestimmte Reiz-Erregungs-Mechanismen im Gehirn einer Person bedingt wird. High Sensation Seeker weisen ein tendenziell geringes Erregungsniveau auf. Um dieses anzuregen und die Ausschüttung der entsprechenden Botenstoffe zu aktivieren, suchen betroffene Personen permanent nach Reizen, die stark genug sind, um das Erregungsniveau zu erhöhen und benötigen immer wieder neue Stimuli, um dieses Level der Erregung aufrechtzuerhalten. Zum Ausgleich benötigen High Sensation Seeker, ebenso wie hochsensible Menschen, ein hohes Maß an Ruhe- und Erholungsphasen, in der sie zu starkem Rückzug und Introvertiertheit neigen.

Das Wichtigste in Kürze

✓ HSP weisen häufig spezifische Merkmale, Eigenschaften und Verhaltensweisen auf. Hierzu zählen insbesondere eine ausgeprägte Offenheit für Neues, Introvertiertheit, ein starkes Bedürfnis nach Ruhe- und Erholungsphasen, ein

hohes Maß an Einfühlungsvermögen, ein intensiveres Erleben positiver und negativer Emotionen, eine feine Wahrnehmung ästhetischer Reize, eine gute bis übermäßige Anpassungsfähigkeit, Gewissenhaftigkeit sowie eine ausgeprägte Kreativität und Vorstellungskraft.

✓ Hochsensibilität weist Gemeinsamkeiten beziehungsweise Überschneidungen mit anderen Phänomenen, wie zum Beispiel Hochsensitivität, Introvertiertheit, Hochbegabung, Synästhesie und dem High Sensation Seeking auf. Hochsensibilität lässt sich klar von diesen Phänomenen abgrenzen, kann aber mit diesen gemeinsam auftreten.

Kapitel 3: Selbsttest - Bin ich hochsensibel?

Du kennst nun bereits viele typische Merkmale von Hochsensiblen und erkennst dich selbst vielleicht ganz oder teilweise in den Beschreibungen von Hochsensibilität wieder. Um herauszufinden, ob du tatsächlich hochsensibel bist, kannst du den nachfolgenden Selbsttest durchführen. Es handelt sich hierbei um eine deutsche Version des von Elaine Aron entwickelten Tests zur Feststellung von Hochsensibilität.

Um den Test durchzuführen, beantworte die nachfolgenden Fragen im Hinblick darauf, ob die Aussagen auf dich zutreffen – auch nur teilweise – oder nicht, mit Ja oder Nein.

	FRAGE	✔	✘
1	Mir scheint, dass ich Feinheiten um mich herum wahrnehme.	X	
2	Die Launen anderer machen mir etwas aus.	X	
3	Ich neige zu Schmerzempfindlichkeit.	X	
4	Koffein wirkt sich besonders stark auf mich aus.		X
5	Ich habe ein reiches, komplexes Innenleben.	X	
6	Laute Geräusche rufen ein Gefühl des Umwohlseins in mir hervor.	X	
7	Kunst und Musik können mich tief bewegen.	X	
8	Ich bin gewissenhaft.	X	
9	Ich erschrecke leicht.	X	

10	Veränderungen in meinem Leben lassen mich aufschrecken und beunruhigen mich.		X
11	Wenn viel um mich herum los ist, reagiere ich schnell gereizt.	X	
12	Ich bin sehr darum bemüht, Fehler zu vermeiden beziehungsweise nichts zu vergessen.	X	
13	Es zählt zu meinen absoluten Prioritäten, mein tägliches Leben so einzurichten, dass ich aufregende Situationen oder solchen, die mich überfordern, aus dem Weg gehe.		X
14	Wenn ich mich mit jemandem messen muss oder man mich bei der Ausübung einer Arbeit beobachtet, werde ich so nervös und fahrig, dass ich viel schlechter abschneide als unter normalen Umständen.	X	
15	Es nervt mich sehr, wenn man von mir verlangt, mehrere Dinge gleichzeitig zu erledigen.	X	
16	Ich werde fahrig, wenn ich in kurzer Zeit viel zu erledigen habe.	X	
17	Ich achte darauf, mir keine Filme und TV-Serien mit Gewaltszenen anzuschauen.	X	
18	An stressigen Tagen muss ich mich zurückziehen können – ins Bett oder in einen abgedunkelten Raum beziehungsweise an irgendeinen Ort, an dem ich meine Ruhe habe und keinen Reizen ausgesetzt bin.	X	
19	Helles Licht, unangenehme Gerüche, laute Geräusche oder kratzige Stoffe beeinträchtigen mein Wohlbefinden.	X	

20	Wenn Menschen sich in ihrer Umgebung unwohl fühlen, meine ich zu wissen, was getan werden müsste, damit sie sich wohl fühlen (wie zum Beispiel das Licht oder die Sitzposition verändern).	X	
21	Ein starkes Hungergefühl verursacht heftige Reaktionen, es beeinträchtigt meine Laune und meine Konzentration.	X	
22	Ich bemerke und genieße feine und angenehme Gerüche, Geschmacksrichtungen, Musik und Kunstgegenstände.	X	
23	Als ich ein Kind war, schienen meine Eltern und Lehrer mich für sensibel und schüchtern zu halten.		X

19J / 4N

Auswertung

Nun zähle bitte alle mit „Ja" beantworteten Fragen zusammen. Wie oft treffen die Aussagen auf dich zu? Laut Aron spricht eine Summe von mehr als 12 „Ja"-Antworten für eine hohe Wahrscheinlichkeit, hochsensibel zu sein. Aber auch bei etwas weniger mit „Ja" beantworteten Fragen, ist es möglich, dass eine Hochsensibilität vorliegt. Denn wie du bereits weißt, ist Hochsensibilität bei jedem Betroffenen individuell verschieden ausgeprägt. Selbst wenn du also nur ein, zwei oder drei Fragen mit „Ja" beantwortet hast, diese Merkmale aber bei dir besonders ausgeprägt sind, ist es durchaus möglich, dass du hochsensibel ist.

Unabhängig von Testergebnissen ist es grundsätzlich wichtig, sich mit seiner alltäglichen Lebensweise an seinen eigenen Bedürfnissen zu orientieren und auf körperliche oder psychische „Alarmsignale" zu achten. Wie dir dies als hochsensible Person gelingen kann, wirst du im weiteren Verlauf dieses Buches erfahren.

Kapitel 4: Die hochsensible Frau

Wie du bereits erfahren hast, sind schätzungsweise 15 bis 20 Prozent der Menschen hochsensibel, wobei Männer und Frauen grundsätzlich gleichermaßen betroffen sind. Es scheint in der medialen Darstellung zwar teilweise so, als seien Frauen häufiger betroffen, dies kann aber auch darauf zurückzuführen sein, dass Frauen aufgrund ihrer geschlechtsspezifischen Sozialisation und Erziehung sowie gesellschaftlicher Vorstellungen und Erwartungen bezüglich Männern und Frauen im Hinblick auf Gefühle grundsätzlich mehr Offenheit für die Auseinandersetzung mit Phänomenen wie diesen aufweisen und sie eher bereit sind, beispielsweise Selbsttests zur Hochsensibilität durchzuführen. Unabhängig von der Häufigkeit zeigen sich aber durchaus auch Unterschiede hinsichtlich der Ausprägungen und Auswirkungen zwischen den Geschlechtern.

Welche Unterschiede das sind, welche Bedeutung und Auswirkungen die besondere Reizempfindlichkeit für betroffene Frauen hat, welche Stärken und Schwächen hochsensible Frauen aufweisen und welche Archetypen weiblicher Hochsensibilität es gibt, erfährst du im nachfolgenden Kapitel.

Unterschiede zwischen hochsensiblen Männern und Frauen

Mädchen und Frauen sind im Großen und Ganzen emotionaler und empathischer als Jungen und Männer. Dies liegt, wie schon erwähnt, daran, dass beide Geschlechter auch in der heutigen Zeit oft noch unterschiedlich im Hinblick auf Emotionen und die Kommunikation darüber, aber auch im Hinblick auf Rücksicht und Fürsorge für andere Menschen unterschiedlich erzogen und sozialisiert werden. Gefühle sind in unserer Gesellschaft nach wie vor ein vorwiegend weibliches Prinzip. Dies wirkt sich natürlich im besonderen Maße auch auf Männer und Frauen mit Hochsensibilität aus.

Hochsensibilität ist daher insbesondere für Männer ein schwieriges Thema, da sie damit nicht dem gängigen männlichen Rollenbild entsprechen. Oft haben sie Hemmungen, sich so sensibel zu zeigen, wie sie sind oder sich über ihre Hochsensibilität mit anderen auszutauschen. Frauen sind eher bereit und haben weniger Probleme damit, sich sensibel zu zeigen oder sich bezüglich ihrer Hochsensibilität mitzuteilen. Das führt unter anderem dazu, dass Frauen beispielsweise wesentlich häufiger an Selbsttest im Internet zur Hochsensibilität teilnehmen oder sich darüber mit anderen offen austauschen. Es ist allerdings nicht so, dass Hochsensibilität für Männer oder Frauen eine größere Herausforderung darstellt. Für beide Seiten ergeben sich besondere Herausforderungen und Schwierigkeiten, jedoch sind sie für Männer und Frauen unterschiedlich.

Unsere heutige Gesellschaft bringt dem „weiblichen Prinzip“ grundsätzlich weniger Anerkennung und Wertschätzung entgegen. Im Vordergrund stehen der technologische Fortschritt, Geld, Macht und andere vermeintlich wichtige Ressourcen, Zahlen und Statistiken sowie Karriere zu machen. Mitgefühl, gegenseitige Unterstützung, Harmonie und Intuition sind zweitrangig. Der Alltag in einer solchen Welt stellt besonders für hochsensible Frauen eine noch größere Herausforderung dar als für viele hochsensible Männer.

Frauen sind ohnehin schon tendenziell emotionaler und feinfühliger als Männer, aber trotzdem – oder vielleicht auch gerade deswegen – kann Hochsensibilität auch für Frauen eine Herausforderung oder gar Belastung darstellen, wenn sie keinen angemessenen Umgang mit diesem Aspekt ihrer Persönlichkeit finden. Hochsensible Frauen zeigen beispielsweise besonders häufig ein ausgeprägtes Maß an Empathie. Oft suchen sie sich soziale oder helfende Berufe oder sind auch oft als Zuhörer oder Ratgeber gefragt, da sie so ihre besonderen Eigenschaften besonders gut einbringen können und sie sich nützlich und erfüllt fühlen. Viel Anerkennung erhalten Beschäftigte in diesen Berufen oft nicht – weder monetär über das Gehalt noch bezüglich des gesellschaftlichen Ansehens. Für hochsensible Frauen spielt Kar-

riere meist keine besonders wichtige Rolle. Für sie sind in der Regel Partnerschaft, Familie und Freundschaften sowie sinnstiftende Tätigkeiten besonders wichtig und erfüllend. Als Hausfrau und Mutter erntet man in unserer Gesellschaft allerdings ebenfalls nicht besonders viel Anerkennung. Aber auch die besonders kreativen und ästhetisch orientierten Hochsensiblen haben mit diesen Problemen zu kämpfen und werden ebenfalls in der Regel deutlich schlechter bezahlt als Berufe, in denen die Eigenschaften Hochsensibler nicht so wertvoll und nützlich sind.

Hochsensible Frauen sind oft mit negativen Vorurteilen konfrontiert, die sie manchmal sogar selbst übernehmen. Eines davon ist das Vorurteil, Frauen seien schwach oder zumindest nicht belastbar genug, um in der heutigen Welt bestehen zu können. Dies ist natürlich nicht war. Hochsensible Frauen brauchen sicherlich in einigen Bereichen andere Rahmenbedingungen als die meisten anderen, wie beispielsweise ein Einzel- statt ein Großraumbüro bei der Arbeit.

Unter guten Bedingungen aber – du erinnerst dich vielleicht an die Metapher von der Orchidee und dem Löwenzahn – laufen HSP dann oft zu Höchstform auf. Da sie aufgrund ihrer vielfältigen negativen Erfahrungen, wie beispielsweise mangelndem Verständnis für ihre Sensibilität, Ablehnung, Unterstellung psychischer Störungen, wie zum Beispiel Depressionen, oder Aussagen wie „Du bist einfach zu empfindlich", „Was du schon wieder hast..." oder „Stell dich nicht so an!", das Vertrauen in sich selbst und ihre eigene Wahrnehmung verlieren, geben sie es auch irgendwann auf, sich gegen diese Vorurteile und Angriffe zur Wehr zu setzen. Viele Hochsensible gehen dann dazu über, sich übermäßig anzupassen und beginnen, ihre hochsensible Seite zu verleugnen.

Grundsätzlich hat es für Frauen umfangreiche Auswirkungen, wenn der eigene Körper besonders stark auf Reize reagiert. Denn sie nehmen auch ihren eigenen Körper, ihre psychischen Vorgänge, ihre Gefühle sehr viel intensiver wahr, als die meisten Menschen es tun. Dies kann den Betroffenen natürlich in vielerlei Hinsicht eine Quelle von

Wohlbefinden und Freude sein, auf der anderen Seite aber auch belastend sein, da intensive negative Empfindungen ebenfalls sehr viel eindrucksvoller und nachhaltiger wahrgenommen und gespürt werden. Das bedeutet oft, dass unter den gleichen Bedingungen, unter denen nicht-hochsensible Personen sich wohl fühlen und leistungsfähig sind, HSP durch die Überstimulation der Wahrnehmungsareale im Gehirn schnell überreizt und überfordert sind. Kommt es zu einer solchen Reizüberflutung und Überforderung, wird den hochsensiblen Personen schnell alles zu viel und sie möchten sich nur noch zurückziehen, um sich von dieser Stresssituation zu erholen.

Auch ihre Reaktionen fallen aufgrund körperlicher Besonderheiten deutlich emotionaler aus. Nicht weil sie „überempfindlich", „weinerlich" oder „nah am Wasser gebaut" sind, sondern weil ihre körperlichen Voraussetzungen – die spezifischen Hirnstrukturen und -prozesse hierfür verantwortlich sind. In MRT- Studien konnte dies bereits überprüft und bestätigt werden: Hier ließen sich bestimmte Aktivierungsmuster in der Hirnrinde – dem Sitz des Bewusstseins – beobachten, was für eine stärkere Gefühlswahrnehmung, sowohl negative als auch positive, bei sich und anderen Menschen spricht. Das Risiko dieser ständig erhöhten Reizbarkeit und Aktivierung besteht darin, dass HSP sich dauerhaft kraftlos und überfordert fühlen. Dies gilt auch im Hinblick auf die Abgrenzung gegenüber anderen Menschen oder den Umgang mit Konflikten. Nicht selten führt dies auch zu chronischen Beeinträchtigungen, die immer dann besonders spürbar sind, je mehr HSP ihre eigenen Grenzen überschreiten und ihre Bedürfnisse nicht angemessen berücksichtigen.

Stärken & Schwächen hochsensibler Frauen

Wie ich einleitend bereits erwähnt habe, bevorzuge ich es grundsätzlich, Hochsensibilität nicht als Einschränkung, sondern als Gabe zu sehen. Denn HSP weisen einige Stärken auf, über die die meisten Menschen nicht verfügen und die für die Betroffenen selbst, wie auch für andere Menschen, von Vorteil sind. Darüber hinaus gibt es aber auch einige „Schwächen" der hochsensiblen Persönlichkeit, die die Betroffenen verletzlicher oder anfälliger machen oder ihnen den Alltag erschweren können. Hochsensibel zu sein kann daher sowohl Vorteile als auch Nachteile mit sich bringen. Nachfolgend möchte ich dir diese einmal vorstellen, wobei das Vorhandensein und die Ausprägung der jeweiligen Stärken und Schwächen individuell bei jedem hochsensiblen Menschen sehr verschieden ist und nicht alle automatisch bei jeder HSP auftreten.

Schwächen hochsensibler Menschen

Folgende Risiken beziehungsweise Schwachpunkte und Verletzlichkeiten ergeben sich für viele hochsensible Menschen aufgrund ihrer charakteristischen Merkmale und Eigenschaften.

✓ Extreme Vorsicht und Entscheidungsschwierigkeiten

Hochsensible Menschen haben oft eine ausgeprägte Angst, Risiken einzugehen, was ja bereits bei nicht-hochsensiblen Menschen vorkommt und absolut nachvollziehbar ist. Hochsensible erleben aber sowohl die Sorgen und Ängste bezüglich dieser Risiken als auch die Konsequenzen eingegangener Risiken viel intensiver, wenn diese tatsächlich eintreten. Hochsensible Menschen weisen zudem oft eine ausgeprägte Neigung zum Nachdenken und der Beschäftigung mit ihrem Innenleben auf. Dies ist grundsätzlich eher als Stärke zu betrachten, kann aber dazu führen, dass sie anhaltend grübeln und sich übermäßig mit Sorgen, Ängsten und Problemen beschäftigen.

Mit dieser ausgeprägten Angst vor Risiken und der Neigung zur Grübelei über Sorgen, Ängste und Probleme gehen bei HSP daher auch große Schwierigkeiten einher, Entscheidungen zu treffen. Diese Tendenz wird außerdem zusätzlich dadurch verstärkt, dass hochsensible Menschen alle Details wahrnehmen und sowie alles, womit sie sich beschäftigen, aus verschiedenen Perspektiven beleuchten, da dies ihr persönliches Sicherheitsgefühl erhöht. Besonders hochsensible Frauen verfügen oft über eine ausgesprochen gute Intuition, die es ihnen grundsätzlich erleichtern könnte, Entscheidungen treffen. Aufgrund ihrer extremen Umsichtigkeit und Vorsicht, fällt es ihnen aber häufig umso schwerer.

✓ Kritikempfindlichkeit, geringes Selbstwertgefühl und Überanpassung

Aufgrund ihrer intensiveren Reizverarbeitung und -reaktion neigen Hochsensible auch zu intensiveren emotionalen Reaktionen auf Kritik. So ist es nicht selten, dass sie in Folge kritischer Äußerungen sehr defensiv, mit starker Traurigkeit oder auch mit extremen Bemühungen, sich zu bessern und den Erwartungen ihrer Mitmenschen zu entsprechen, reagieren, um weitere Kritik zu vermeiden.

Die Tatsache, dass hochsensible Menschen von ihrer Kindheit an oft Erfahrungen mit Unverständnis, Kritik oder Ablehnung ihres Verhaltens oder ihrer Reaktionen machen, macht sie zudem anfälliger dafür, ein geringes Selbstwertgefühl zu entwickeln. Dies führt auch dazu, dass HSP nicht selten zur Überanpassung neigen, um nicht mehr aufzufallen und Zurückweisungen und Kritik zu vermeiden. Sie Stellen ihr wahres Selbst und ihre Bedürfnisse zurück, um wie „die Anderen“ zu sein und dazu zu gehören. Auch hier zeigt sich wieder ein besonderes Risiko für Frauen, da Anpassung und „normales“ Verhalten bei ihnen in unserer Gesellschaft tendenziell schneller kritisiert wird als bei Männern.

✓ Mangelnde Selbstfürsorge und starke Außenorientierung

Vielen hochsensiblen Personen fällt es vergleichsweise schwer, in angemessenem Maße für sich selbst zu sorgen und gemäß ihren speziellen Bedürfnissen gesund zu leben, statt sich den gesellschaftlich dominierenden nicht-hochsensiblen Idealen, Erwartungen und Maßstäben anzupassen. Diese überfordern hochsensible Personen nämlich in der Regel, was sich negativ auf ihre körperliche und psychische Gesundheit auswirken kann. Anpassung fällt HSP oft leichter, als die eigenen Bedürfnisse zu berücksichtigen und durchzusetzen, da der Umgang mit darauffolgender Kritik sie emotional sehr aufwühlen kann. Dies betrifft Frauen oft in noch höherem Maße als Männer, da sie tendenziell stärker zu Anpassung erzogen werden und sie in der Regel ohnehin schon emotionaler sind als Männer.

Hinzu kommt, dass Hochsensible – und auch hier Frauen aufgrund ihrer geschlechtsspezifischen Eigenschaften mehr als Männer – mit ihren Gefühlen und ihrer inneren Welt oft sehr stark am „Außen“ orientiert sind. HSP und vor allem weibliche HSP sind häufig damit beschäftigt, wie es anderen Menschen geht und was sie brauchen. Dabei besteht für sie ein erhöhtes Risiko, die eigenen Bedürfnisse zu vernachlässigen oder sogar nicht mehr gut zu spüren und sich die Befindlichkeiten anderer aufgrund ihrer ausgeprägten Empathie zur ihren eigenen zu machen.

✓ Übererregung und Überreizung

Aufgrund ihrer besonders sensiblen Wahrnehmung und erhöhten Reizverarbeitung können hochsensible Menschen schnell überreizt und übererregt sein, wenn sie einer großen Zahl von oder anhaltenden intensiven Reizen ausgesetzt sind. Dies löst bei Hochsensiblen nicht selten Nervosität, körperliches Unwohlsein, eine Beeinträchtigung der Leistungsfähigkeit, leichte Reizbarkeit oder sogar Erschöpfungssymptome aus.

Stärken hochsensibler Menschen

Hochsensible Menschen weisen einige typische Stärken und Ressourcen auf. Die Herausforderung für alle hochsensiblen Menschen liegt letztendlich darin, diese Stärken zu nutzen und den Umgang mit sich selbst und ihrer Umwelt so zu gestalten, dass sie durch ihre Schwachpunkte möglichst wenig belastet oder beeinträchtigt werden. So können bestimmte Merkmale, die das Risiko für eine der genannten Schwächen erhöhen, ebenso gut auch in einer Stärke münden – je nachdem, wie damit umgegangen wird.

✓ Sehr gute Wahrnehmung und Feinfühligkeit

Die ausgesprochen feine und weitreichende Wahrnehmung kann zwar leicht zu Überreizung führen, ebenso kann sie aber auch zu einer Quelle der Kraft werden, wenn diese Wahrnehmung im Alltag von negativen Reizen abgezogen und insbesondere auch auf positive Reize gerichtet wird, wie beispielsweise ein freundliches Lächeln, ein schönes Bild, ein berührendes Lied oder eine hübsche Blume. Da in unserer Gesellschaft ein besonderer Sinn für Ästhetik sowie Feinfühligkeit ohnehin eher dem weiblichen Prinzip zugeordnet werden, fällt es insbesondere hochsensiblen Frauen leicht, diese Fähigkeiten im positiven Sinne für sich zu nutzen und neue Energie daraus zu ziehen.

✓ Empathie und Einfühlungsvermögen

Zwar kann die ausgeprägte Empathie bei hochsensiblen Menschen im Allgemeinen leichter zu Überanpassung, mangelnder Selbstfürsorge und Aufopferung für andere münden, jedoch kann diese Eigenschaft auch in sehr positivem Sinne genutzt werden. Das hohe Maß an Einfühlungsvermögen sorgt oft dafür, dass HSP ein sehr feines Gespür für ihre Interaktionspartner haben. Sie können sich gut auf ihr Gegenüber einstellen, Stimmungen und kleinste Verstimmungen und Dissonanzen bemerken und verfügen im Umgang mit anderen oft über ausgesprochen gute soziale Kompetenzen. Aufgrund ihrer guten Fähigkeiten, sich in die Empfindungen anderer Menschen einzufühlen, weisen

sie häufig auch einen ausgeprägten Gerechtigkeitssinn auf. Auch hier zeigt sich bei Frauen oft die grundsätzliche stärkere Gefühlsbezogenheit sowie ein anderes gesellschaftliches Bild im Hinblick auf Gefühle im Vergleich zu Männern. Das Ausleben und Nutzen dieser Ressource ist für hochsensible Frauen daher in gewissem Sinne einfacher und natürlicher. Das zeigt sich unter anderem darin, dass Frauen – und insbesondere hochsensible Frauen – nach wie vor häufiger soziale und helfende Berufe für sich auswählen.

✓ Offenheit für Neues und Intuition

Wie du bereits weißt, weisen hochsensible Menschen eine erhöhte Offenheit für Neues auf. Damit einhergehen kann oft auch ein differenzierterer Blick auf die Welt und die eigene Lebensführung. Diese Eigenschaft, ihre Intuition, die feine Wahrnehmung des eigenen Körpers und ihrer Gefühlswelt sowie die starke Verbindung zwischen ihrem Fühlen und ihrem Denken ermöglicht es Hochsensiblen, ihre Selbstheilungskräfte zu aktivieren und einen bewussten, gesunden Umgang mit sich und ihrem Körper zu entwickeln. Frauen haben oft eine starke Verbindung zu ihren Gefühlen und ihrer Intuition, sodass diese Eigenschaft von ihnen besonders gut als Ressource genutzt werden kann. Auf diese Weise ist es einfacher, seine eigenen Potentiale zu entfalten, mutig und selbstsicher seine eigenen Wege zu gehen und sein Leben bewusst nach seinen eigenen Vorstellungen zu gestalten. Eine wichtige Voraussetzung hierfür ist ein gesundes Selbstbewusstsein und eine positive Einstellung zu sich selbst.

✓ Denkfähigkeit, Kreativität und Vorstellungskraft

Weitere, unter hochsensiblen Menschen oft beobachtbare Stärken sind eine besonders gute Denkfähigkeit sowie eine ausgeprägte Kreativität und Vorstellungskraft. HSP verfügen über ein sehr reiches und „aktives“ Innenleben und sind oft sehr gut zum bildhaften Denken in der Lage. Auch läuft der Denkprozess sehr vernetzt ab, was es ihnen ermöglicht, komplexe Zusammenhänge oder Situationen intuitiv und augenblicklich zu erfassen. Sie sind in der Lage, „über den Tellerrand“

zu schauen, unkonventionell zu denken und verfügen über eine Art innere Schöpferkraft. Auf diese Weise fällt es Hochsensiblen leicht, neue, außergewöhnliche Lösungen zu finden. Sie glänzen daher auf beruflicher Ebene nicht selten als Lehrer, Professoren, Berater, Ingenieur oder Entwickler.

Archetypen hochsensibler Frauen

Die zahlreichen besonderen Fähigkeiten, aber auch die Schwächen sind individuell sehr unterschiedlich ausgeprägt. Psychologin und HSP-Coach Sylvia Harke hat jedoch in ihrer langjährigen Beratungstätigkeit speziell für hochsensible Frauen verschiedene „Unterkategorien" beobachten können. Auf Basis ihrer Beobachtungen bei hochsensiblen Frauen entwickelte sie das Modell der sieben „Archetypen". Sie greift dafür auf Figuren zurück, die im Bereich der Mythen und Märchen angesiedelt sind, uns in Träumen begegnen oder auch auf Figuren, die dem „echten Leben" beziehungsweise der realen Welt entstammen.

Harke erklärt, dass viele hochsensiblen Frauen „Mischtypen" sind und sich mindestens drei dieser Figuren zuordnen lassen beziehungsweise sich mit ihren individuellen Stärken und Begabungen, aber auch mit ihren Potentialen und Entwicklungsmöglichkeiten in diesen wiederfinden. Diese sieben Archetypen sind die Kindfrau, die Künstlerin, die Helferin, die Heilerin, die Gelehrte, die Königin und die Vielbegabt. Jeder dieser Archetypen weist eine andere energetische Prägung sowie spezifische Merkmale, Stärken und Schwächen auf.

Darüber hinaus wirken diese Archetypen eines Menschen unbewusst und beeinflussen somit den Alltag über die Ausprägung jeweiliger Lebensthemen, Wesensmerkmale, Vorlieben und Abneigungen. Die meisten Menschen zeigen, wie bereits erwähnt, Merkmale mehrerer Archetypen auf und es ist möglich, dass eine Person im Laufe des Lebens mehrere Archetypen „durchläuft" und sich je nach Phase unterschiedliche Themen, Stärken, Schwächen und Charaktereigenschaften

zeigen. Manche Menschen zeigen aber auch über ihr ganzes Leben hinweg stabil die gleichen Lebensthemen. Harke betont, dass diese Archetypen eine Person natürlich nicht zu 100 Prozent abbilden und das Modell der sieben Archetypen keinesfalls einen Anspruch auf Vollständigkeit erhebt, sondern eher dazu dienen sollen, es zu Hilfe zu nehmen, um sich mit Aspekten des Selbst auseinanderzusetzen. Hilfreich kann bei der Beschäftigung mit den Archetypen auch ein Blick auf das persönliche Umfeld sein: Welche archetypischen Merkmale kommen besonders häufig in meinem Freundeskreis vor und wie könnte dies mit meinen eigenen Merkmalen und Themen zusammenhängen? Was wird ergänzt? Was fehlt? Was wird widergespiegelt?

Die Kindfrau

Die Kindfrau ist sehr kreativ, darüber hinaus zeichnet sie sich zudem insbesondere durch ihre kindliche Neugier, Leichtigkeit und Lebendigkeit und ihre unbändige Lebensfreude aus. Die hochsensible Kindfrau hat oft einen sehr guten Zugang zu Kindern und findet sich oft auch in Berufen, in denen sie mit Kindern arbeitet –beispielsweise als Lehrerin, Erzieherin, Naturpädagogin oder Kursleiterin für kreative Aktivitäten. Aufgrund ihrer eigenen, sehr ausgeprägten kindlichen Seite kann sie sich gut in die Perspektiven und Bedürfnisse von Kindern hineinversetzen und teilt mit ihnen eine ausgeprägte Fantasie. Weitere Berufe, in denen sie oft zu finden ist, sind daher auch als Schauspielerin, Künstlerin oder als Kleinkünstlerin, zum Beispiel als Clown oder mit Handpuppen, als Tänzerin oder auch als Autorin.

Die Schwäche beziehungsweise das besondere Risiko der hochsensiblen Kindfrau liegt darin, dass sie nicht lernt, ihr Leben verantwortungsvoll zu führen und letztendlich darin scheitert. Hochsensible Kindfrauen neigen dazu, finanzielle Probleme zu haben oder von anderen abhängig zu bleiben. Daher ist es wichtig, dass Kindfrauen ihren Blick auf ihre innere Weisheit richten, Objektivität und Rationalität anzuwenden und üben, reife, verantwortungsbewusste Entscheidungen zu treffen.

Die Künstlerin

Wie der Name bereits vermuten lässt, handelt es sich beim Archetyp der Künstlerin um ausgesprochen kreative Frauen. Sie verfügt über ein sehr feines Gespür für ästhetische Reize und Details wie Formen und Farben oder auch Klänge und Harmonien. Sie ist daher oft künstlerisch oder musikalisch begabt und kann sich sehr für Naturphänomene begeistern und daraus große Kraft schöpfen, zum Beispiel, wenn sie lange spazieren geht. Nicht selten verfügt die hochsensible Künstlerin auch über synästhetische Fähigkeiten, sodass sie beispielsweise Klänge auch optisch oder als Gerüche wahrnimmt.

Darüber hinaus kann sie in hohem Maße durch zwischenmenschliche Erfahrungen für ihre kreativen Tätigkeiten inspiriert werden. Viele hochsensible Künstlerinnen üben ihre kreativen Aktivitäten auf professioneller Ebene aus und bestreiten damit ihren Lebensunterhalt. Da die Hochsensibilität oft mit einer gewissen Gehemmtheit einhergeht, neigen hochsensible Künstlerinnen eher zum Konsum entspannender Genussmittel und Drogen, wie Alkohol oder Marihuana, um in den richtigen Zustand für ihre kreative Arbeit zu gelangen.

Die hohen Anforderungen die eine professionelle Tätigkeit als hochsensible Künstlerin oft mit sich bringt, wie zum Beispiel Zeit- und Leistungsdruck, Stress oder auch Lampenfieber, machen es für Künstlerinnen besonders bedeutsam, gute Strategien im Umgang mit sich und den alltäglichen Anforderungen zu entwickeln und üben, fokussiert zu sein und zu bleiben.

Zudem ist es wichtig für sie, eine gute Balance zwischen ihrem Innen- und ihrem Außenleben zu finden, sich nicht zu überfordern und sich ausreichend Zeit für Erholung zu nehmen, beispielsweise in Form von Meditation, Yoga, Spaziergängen oder Entspannungsübungen.

Die Heilerin

Hochsensible Heilerinnen ergreifen oft heilende Berufe und entscheiden sich häufig für Studiengänge wie Psychologie oder Medizin. In diesen haben sie nicht selten Schwierigkeiten, mit der stark wissenschaftlichen Ausprägung der modernen Disziplinen, in denen Jahrtausende altes Wissen zahlreicher Kulturen kaum noch Berücksichtigung findet. Oft hegen sie ein ausgeprägtes Interesse an alternativen und traditionellen Heilmethoden wie beispielsweise der Naturheilkunde.

Zu den besonderen Fähigkeiten der hochsensiblen Heilerin zählen ihre starke Intuition, Empathie und Einfühlungsvermögen. Sie weisen häufig eine besondere Verbundenheit zu Natur und Tieren auf und können sich auch in Tiere und Pflanzen einfühlen. Hochsensible Heilerinnen weisen eine besonders feine Wahrnehmung im feinstofflichen Bereich, ein intensives, quasi mystisches Traumleben sowie eine Art Hellfühligkeit auf, mit der sie kommende Ereignisse und Situationen erspüren können. Wenngleich sie diese Fähigkeiten sehr gut für ihre berufliche Selbstverwirklichung nutzen können, wird diese oft erschwert durch gesellschaftliche Abwertungen einiger dieser Fähigkeiten, indem sie beispielsweise als „Spinnerei" abgetan werden.

Eine besondere Herausforderung für hochsensible Heilerinnen ist oft, ausreichend Geduld zu haben, um sich selbst im Sinne der eigenen Begabungen zu verwirklichen und darüber Erfüllung zu finden. Sie sollten sich die Zeit nehmen herauszufinden, welche konkreten Interessen und Talente sie haben und wie und in welchem Bereich sie diese am besten in eine professionelle Tätigkeit einbringen können. Zudem müssen hochsensible Heilerinnen sich hierfür auch mit ihren eigenen inneren Verletzungen auseinandersetzen, um diese zu heilen, bevor sie ihr volles Potential für die Heilung anderer Menschen oder Tiere ausschöpfen können. Auch ist es wichtig, dass sie lernen, ausreichend auf ihre eigenen Bedürfnisse zu achten und sich nicht für andere aufzuopfern. Hierzu zählt vor allem das Setzen von Grenzen und Nein-Sagen auf Basis ihrer guten Intuition.

Die Helferin

Die hochsensible Helferin stellt eine „Unterform“ der Heilerin dar und zeichnet sich durch ein hohes Maß an Idealismus aus. Sie weist viele Fähigkeiten auf, die sie dafür prädestinieren, andere Menschen, aber auch Tiere zu unterstützen, sowohl privat als auch beruflich. Sie arbeiten oft als Pädagoginnen, Sozialarbeiterinnen, Therapeutinnen, Pflegerinnen oder Tierpflegerinnen und engagieren sich oft zusätzlich im Kinder-, Tier- oder Naturschutz oder für andere wohltätige Einrichtungen.

Zu ihren besonderen Fähigkeiten zählen die ausgeprägte Hilfsbereitschaft und Empathie, ein sehr hohes Maß an Verantwortungsbewusstsein, Mütterlichkeit und Warmherzigkeit sowie ihr starker Beschützerinstinkt. Sie ist außerdem oft recht bescheiden, führt ein sehr bodenständiges und einfaches Leben, Zufriedenheit und Erfüllung bezieht sie nicht aus materiellen Dingen, sondern aus der Freude anderer, wenn sie diesen helfen konnte. Helferinnen gehen in der Regel sehr in der Rolle als Mutter auf und sind stets rund um die Uhr für ihre Kinder da.

Hochsensible Helferinnen neigen dazu, zu viel zu geben und sich mit ihrer großen Hilfsbereitschaft und ihrem ausgeprägten Verantwortungsbewusstsein für alles und jeden zu überfordern. Im Unterschied zur Heilerin verfügt die Helferin über eine weniger gute Verbindung zu ihrer Intuition, weshalb es ihr schwerfällt, sich abzugrenzen und die eigenen Interessen und Bedürfnisse zu achten.

Daher weisen sie ein erhöhtes Risiko auf, sich aufzuopfern und ein Burnout zu erleiden. Ihre Aufgabe ist es, behutsam auszuwählen, wem und wie sie helfen, um sich nicht zu verausgaben. Außerdem sollten sie lernen, auch unabhängig von ihrem Helferinnen-Dasein eine eigenständige Identität und stabiles Selbstwertgefühl zu entwickeln.

Die Gelehrte

Die Gelehrte ist ausgesprochen feinsinnig und zudem sehr philosophisch interessiert, da sie ein großes Verlangen hat, große Zusammenhänge, Naturphänomene und wissenschaftliche Gesetzmäßigkeiten zu verstehen. Hochsensible Gelehrte verfügen daher auch über eine besonders gute Beobachtungsgabe und sind äußerst begabt darin, tiefere oder auch verborgene Zusammenhänge zu verstehen.

Verbunden mit diesen Eigenschaften ist bei der Gelehrten auch eine Liebe sowie ein gutes Auge für Details. Um all ihre Gedankengänge und Eindrücke verarbeiten zu können, hat sie ein starkes Bedürfnis nach Rückzug und Ruhepausen. Hochsensible Gelehrte verbringen gerne viel Zeit mit Büchern, vor allem zu philosophischen und wissenschaftlichen Themen und schreiben zudem auch selbst gerne. Um aufblühen zu können, benötigt die Gelehrte stets neuen Input und neue geistige Herausforderungen – auch in ihrer beruflichen Tätigkeit, weshalb sie oft als Wissenschaftlerinnen oder Autorinnen arbeiten. Sie brauchen in dem, was sie alltäglich tun, einen „tieferen Sinn", da sie sonst dazu neigen, Motivation und Begeisterung für ihren Beruf schnell zu verlieren.

Um ihr volles Potential auszuschöpfen ist es für die Gelehrte wichtig, ihre intellektuellen Fähigkeiten mit ihrer Intuition zu verbinden. Ihre weibliche und emotionale Seite bedarf besonderer Aufmerksamkeit, um ihre emotionale Welt mit ihrer intellektuellen zu verbinden und auch trotz ihrer Verortung in männerdominierten Domänen in Balance zu bleiben und es dem Verstand zu ermöglichen, auch mal abzuschalten.

Die Königin

Die hochsensiblen Königinnen sind oft Leistungsträgerinnen. Beruflich finden sie sich oft in hohen Positionen, stehen im Allgemeinen jedoch eher in „zweiter Reihe“, da sie sich oft scheuen, ihre eigenen Qualitäten gänzlich zur Geltung zu bringen. Und das obwohl sie eigentlich über die richtigen Kompetenzen verfügen.

Königinnen sind perfektionistisch, strahlen eine natürliche Autorität aus und ihnen kommen häufig spontan Lösungen für Probleme in den Sinn, was auf ihr vernetztes und komplexes Denken und ihr präsentes Unterbewusstsein zurückzuführen ist. Im Beruf wie auch in Beziehungen ist sie eine starke Frau, die so unter anderem auch tendenziell bedürftige Partner anzieht.

In diesen Beziehungen haben sie nicht die Möglichkeit, ihre verletzliche Seite zu zeigen, da sie für ihre Partner stark sein müssen. Tun sie es doch, erfahren sie nicht selten Enttäuschungen und Verletzungen. Sie verfügen oft über eine weniger gute Verbindung zu ihrer Weiblichkeit und den dazugehörigen Fähigkeiten und Stärken, da sie dazu neigen, sich den männlichen Rollenerwartungen anzupassen.

Für hochsensible Königinnen ist es von großer Bedeutung, ein gutes Gleichgewicht zwischen ihrem „männlichen“ und „weiblichen“ Ich, zwischen Herz und Kopf, Intuition und Denken, zwischen stark und schwach sein zu finden. Sie sollten versuchen, mit ihrer inneren Stimme und ihren Gefühlen in Verbindung zu treten und auf diese zu hören, um ganz sie selbst sein zu können, ihre Potentiale voll auszuschöpfen und um Menschen anzuziehen, die sie mit allen Facetten ihrer Persönlichkeit wertschätzen.

Die Vielbegabte

Die hochsensible Vielbegabte verfügt – wie der Name schon sagt – über eine Vielzahl an verschiedenen Fähigkeiten, Interessen und Talenten. Dies zeigt sich oft in ihren beruflichen Qualifikationen, da sie nicht selten mehrere professionelle Aus- und Weiterbildungen absolviert, die jedoch häufig Verbindungen untereinander aufweisen. Darüber hinaus eignet sie sich auch leidenschaftlich gerne selbst neues Wissen an. Ihr umfangreiches und breit gefächertes Wissen macht die Vielbegabte zu einer gefragten und geschätzten Gesprächspartnerin.

Zur Erlangung neuer Erkenntnisse scheut die hochsensible Vielbegabte sich auch nicht, Risiken einzugehen und Entwicklungen in Gang zu bringen. Durch Rückschläge oder Misserfolge lässt sie sich dabei nicht so leicht entmutigen. Aufgrund ihres starken Drangs zu Veränderung und Weiterentwicklung wechseln Frauen, die diesem Archetypen angehören, häufiger den Job, wobei ihr zudem Selbstbestimmung und kreative Entfaltungsmöglichkeiten sehr wichtig sind. Ihre Wesensmerkmale machen es erforderlich, dass sie Beziehungen mit Partnern haben, die ebenfalls gerne bereit sind, sich zu verändern und sich weiterzuentwickeln.

Das größte Risiko, dem hochsensible Vielbegabte ausgesetzt sind, ist das Ausbleiben des Erfolgs trotz ihrer Begabungen. Dies liegt daran, dass sie ständig Neues anfangen und in den neuen Domänen jeweils in der Regel nicht auf ihr Wissen und ihre Fähigkeiten aus den vorherigen Aktivitäten zurückgreifen kann. Daher fängt sie immer wieder bei null an und es gelingt ihr nicht, sich in hohem Maße zu spezialisieren und beruflich „anzukommen“, was sich auf Dauer auch negativ auf ihr Selbstbewusstsein auswirkt. Zudem kosten die ständigen Veränderungen und Neuanfänge viel Kraft und Ressourcen. Es ist deshalb wichtig, dass hochsensible Vielbegabte beginnen, sich beruflich auf einen Bereich festzulegen und sich zu fokussieren, wenn sie dauerhaft erfolgreich sein wollen.

Das Wichtigste in Kürze

- ✓ Hochsensibilität ist grundsätzlich zwischen Männern und Frauen gleich verteilt und auch die typischen Merkmale unterscheiden sich nicht wesentlich zwischen den Geschlechtern. Es gibt jedoch Unterschiede bezüglich der Ausprägung der Merkmale sowie der Auswirkungen.

- ✓ Der Grund für die Unterschiede hinsichtlich Hochsensibilität bei Männern und Frauen sind die grundsätzlich unterschiedliche Ausprägung der Emotionalität und Empathie bei Frauen sowie der gesellschaftliche Blick auf Gefühle und Sensibilität als „weibliches Prinzip".

- ✓ Problematisch ist, dass das „weibliche Prinzip" gesellschaftlich tendenziell weniger Anerkennung erfährt als typisch männliche Attribute und Domänen, besonders im Beruf.

- ✓ Aufgrund ihrer Feinfühligkeit, ihrer besonderen Empathiefähigkeit und ihres Verantwortungsbewusstseins sowie eines eher geringen Interesses an Geld, Macht, Karriere und Statussymbolen für andere, sind hochsensible Frauen häufig in helfenden und sozialen Berufen anzutreffen.

- ✓ Hochsensible Frauen sind oft mit Vorurteilen konfrontiert, insbesondere, dass sie schwach, nicht belastbar und zu empfindlich seien. Dies kann sich negativ auf das Selbstbild und ihre Selbstfürsorge auswirken.

- ✓ Die verschiedenen Aspekte der Hochsensibilität wirken sich bei Frauen in vielfacher Hinsicht körperlich aus und können sogar zu chronischen Beeinträchtigungen führen, vor allem aufgrund des fehlenden Filters in Bezug auf die Reizwahrnehmung.

- ✓ Zu den typischen Schwachpunkten und Risiken hochsensibler Frauen zählen insbesondere eine extreme Vorsicht

sowie Schwierigkeiten, Entscheidungen zu treffen, eine erhöhte Empfindlichkeit gegenüber Kritik, die Neigung zu einem geringen Selbstwertgefühl sowie zu Überanpassung, mangelnder Selbstfürsorge, zu starker Außenorientierung sowie Übererregung und Überreizung.

- ✓ Hochsensible Frauen weisen verschiedene Stärken auf. Sie verfügen über eine sehr gute Wahrnehmung und Feinfühligkeit, Empathie und Einfühlungsvermögen, eine gute Intuition, eine große Offenheit für Neues sowie eine besonders gute Denkfähigkeit, ein hohes Maß an Kreativität und eine hervorragende Vorstellungskraft.
- ✓ Es kann zwischen verschiedenen Archetypen hochsensibler Frauen unterschieden werden, die jeweils spezifische Eigenschaften, Interessen sowie Stärken und Schwächen aufweisen.
- ✓ Die sieben Archetypen nach Sylvia Harke sind die Kindfrau, die Künstlerin, die Helferin, die Heilerin, die Gelehrte, die Königin und die Vielbegabte.

Kapitel 5: Leben mit Hochsensibilität

Du hast nun schon viel darüber erfahren, wodurch sich hochsensible Frauen auszeichnen. Wie aber ist es, mit Hochsensibilität zu leben? Eine HSP zu sein, hat umfangreiche Auswirkungen für die Betroffenen über das gesamte Leben hinweg – im Alltag, in Beziehungen, auf ihr Zusammenleben mit ihrer Familie, in Freundschaften, im Beruf und auch auf ihre Gesundheit. Nachfolgend erfährst du, wie sich die Hochsensibilität bei Mädchen und Frauen in den verschiedenen Lebensphasen zeigt und wie sich die Hochsensibilität in unterschiedlichen Lebensbereichen auswirkt.

Hochsensibilität in der Kindheit und Schulzeit

Da Hochsensibilität ein genetisch bedingtes, neurophysiologisches Persönlichkeitsmerkmal ist, besteht dieses in der Regel bereits in der frühen Kindheit – mit den gleichen Eigenschaften und Symptome, die auch bei Erwachsenen bestehen. Dies kann für Kinder sowohl negative als auch positive Auswirkungen haben.

Eine Untersuchung US-Amerikanischer Wissenschaftler aus dem Jahr 2019 zeigte beispielsweise, dass hochsensible Kinder häufiger Probleme des Verhaltens, wie beispielsweise eine Aufmerksamkeits-Hyperaktivitäts-Störung (kurz ADHS) zeigen. Es wurde jedoch ebenfalls festgestellt, dass sie auch besser auf Erziehung durch positive Verstärker ansprechen und dadurch gut im Hinblick auf ihre Stärken und positiven Eigenschaften gefördert werden können.

Eine Schattenseite der Hochsensibilität, die sich bereits im Kindesalter zeigt, ist der Umgang des sozialen Umfeldes und insbesondere der Gleichaltrigen mit den spezifischen Eigenheiten der hochsensiblen Kinder. Denn wie andere Kinder auf sie reagieren, ob sie sie als Spielgefährten annehmen oder sie ausschließen und sie sich sehr bemühen müssen, um von anderen Kindern akzeptiert und anerkannt zu werden, hat enorme Auswirkungen auf das Selbstbild und ihre Sicht auf

die Welt. Hochsensible Kinder erfahren leider immer wieder Ablehnung von anderen Menschen, da deren Verhalten für nicht-hochsensible Kinder, die Erwachsenen in ihrem Umfeld und sogar für professionelle Betreuungspersonen, wie beispielsweise Erzieher, oft seltsam, anstrengend oder irritierend scheint und einfach nicht den gesellschaftlichen Vorstellungen eines „normalen“ Kindes entsprechen. Sie lernen daher auch schon früh, dass sie „irgendwie anders“ sind als andere Kinder, was sie oft lebenslang prägt.

Mit diesen speziellen Erfahrungen des Anders-seins und der Ablehnung – in Kombination mit ihrer besonderen Sensibilität und Reizverarbeitung – während der Kindheit weisen hochsensible Kinder ein erhöhtes Risiko auf, unter psycho-emotionalen Belastungen wie Depressionen, Neurosen oder Phobien und insbesondere soziale Phobien zu leiden.

Sie haben oft einen höheren Bedarf an Zuneigung und Aufmerksamkeit, was für die Eltern oft als überfordernd empfunden wird. Zusätzlich erhöht wird dieses Risiko noch dadurch, dass die Eltern hochsensibler Kinder oft selbst hochsensibel sind und dadurch eher durch die Verhaltensweisen des Kindes überreizt und gestresst sind. Zudem sind sich viele Eltern ihrer eigenen Hochsensibilität sowie der des Kindes nicht bewusst sind oder verfügen nicht über Wissen darüber, was die Beziehung und Interaktion zwischen ihnen zusätzlich erschwert und belastet.

Häufige Anzeichen und Probleme, die sich bei hochsensiblen Kindern zeigen, sind unter anderem eine starke Abneigung gegen das Zähneputzen, da Zahnpasta von ihnen oft als zu scharf empfunden wird oder ihnen das Bürsten selbst Schmerzen bereitet. Geduld und Behutsamkeit sind hier sehr wichtig. Auch die Kleidung kann ein Problem für hochsensible Kinder darstellen. So empfinden sie bestimmte Schnitte oder Materialien, wie beispielsweise Strumpfhosen oder andere enge Kleidungsstücke, oft als unangenehm und weigern sich, diese anzuziehen – was für die Eltern auf den ersten Blick oft nicht nachvollziehbar ist. Essen kann ebenfalls ein schwieriges Thema für

hochsensible Kinder sein. Nicht selten zeigen sie ungewöhnliches Essverhalten oder auch besondere Vorlieben und Abneigungen. Typischerweise wird unter anderem zu harte Nahrung, wie zum Beispiel trockene Brotkrusten, abgelehnt.

In der Schule begegnen hochsensiblen Kindern ebenfalls verschiedenen Schwierigkeiten. So haben sie oft ihren eigenen Rhythmus, ihre eigenen Ansichten und einen anderen Umgang mit den alltäglichen Anforderungen und vor allem auch mit Veränderungen des Alltags. Wird diesen besonderen Eigenschaften nicht genügend Rücksicht entgegengebracht, kann das Kind schnell gestresst, überreizt und überfordert sein und beispielsweise psychosomatische Symptome, wie Kopf- oder Bauchschmerzen, oder auch Verhaltensveränderungen, wie zum Beispiel Rückzugstendenzen, Traurigkeit oder Wut und Ärger zeigen.

Aufgrund ihres von der Norm abweichenden Verhaltens finden sie schwerer Freunde, haben häufiger Konflikte mit anderen Kindern und werden leicht zu Opfern von Ausgrenzung und Mobbing. Ist ein hochsensibles Kind von Mobbing betroffen, sollten die Eltern unbedingt die Lehrer mit einbeziehen. Sollte jedoch der Eindruck bestehen, dass von schulischer Seite aus der Hochsensibilität des Kindes nicht ausreichend Rechnung getragen wird, sollte gegebenenfalls ein Schulwechsel in Betracht gezogen werden.

Die Probleme, die sich für hochsensible Kinder im Hinblick auf Freundschaften ergeben können, werden auch durch wissenschaftliche Studien bestätigt. Es zeigt sich jedoch, dass dies stark kulturell geprägt ist, was verdeutlicht, dass Hochsensibilität selbst nicht zu den Problemen führt, sondern vielmehr die gesellschaftlichen und kulturell üblichen Erwartungen und Standards. Wie du bereits weißt, sind hochsensible Menschen – sowohl Kinder als auch Erwachsene – oft eher introvertiert und fühlen sich in größeren Gruppen oder mit Personen, die ihnen wenig vertraut sind, häufig unwohl und agieren unbeholfen. Vor allem in westlichen Kulturen wird das Ideal sozialen Verhaltens eher in Extrovertiertheit gesehen, während in anderen,

beispielsweise asiatischen Gesellschaften eher das Gegenteil der Fall ist. So wurde in einer Studie, die von chinesischen und kanadischen Wissenschaftlern durchgeführt wurde, untersucht, welche persönlichen Merkmale Kinder in ihren Kindergartengruppen und Schulklassen zu beliebten und gefragten Spielpartnern machen. Es konnte festgestellt werden, dass im kulturell westlich geprägten Kanada diejenigen Kinder eher als Spielpartner ausgewählt wurden, die besonders redegewandt waren, als mutig auftraten, sich in Spiel und Sport körperlich besonders leistungsfähig zeigen und in sozialen Situationen die Initiative ergreifen.

Im Gegensatz dazu waren in China diejenigen Kinder beliebter, die besonders ruhig, ausgeglichen und still waren und die von anderen als sehr sensibel und zurückhaltend bis scheu beschrieben wurden. Die Bevorzugung von Wettbewerbsorientierung sowie lautem und „aggressivem" Auftreten in unserer Gesellschaft ist somit offensichtlich nicht naturgegeben, sondern ein kulturell gewachsenes Phänomen. Nichtsdestotrotz macht dies das Leben bereits für hochsensible Kinder, ebenso wie später für die Erwachsenen, in der Regel zu einer größeren Herausforderung und kann sehr belastend sein.

Eltern hochsensibler Kinder sollten unbedingt versuchen, die besonderen Bedürfnisse in ihrem Erziehungsverhalten zu berücksichtigen. Es sollte beispielsweise auf eine besondere Strenge und Aussagen wie „Weine doch nicht" oder „Stell dich nicht so an" verzichtet werden, da dies das betroffene Kind noch mehr in den Rückzug treibt. Zudem werden die negativen Gefühle des Kindes bezüglich seines Selbst und vor allem auch das Gefühl, nicht richtig zu sein und nicht bedingungslos angenommen zu werden, noch verstärkt.

Da hochsensible Kinder, ebenso wie hochsensible Erwachsene oft sehr vorausschauend und vorsichtig sind, sollten sie stets umfänglich auf Veränderungen vorbereitet werden. So kann beispielsweise der neue Schulweg oder auch das Schulgebäude bereits vor Schuleintritt gemeinsam gegangen beziehungsweise besucht werden. Es ist zudem ausgesprochen sinnvoll, auch die Lehrer über das Vorliegen der Hoch-

sensibilität zu informieren, damit diese sich auf die besonderen Bedürfnisse des Kindes einstellen können. Die Eltern selbst sollten im Hinblick auf Veränderungen stets Ruhe und Sicherheit ausstrahlen, damit das Kind sich sicher fühlt und nicht zu sehr aufgewühlt wird. Sie sollten ihren Kindern eine verlässliche Basis bieten, auf die sie vertrauen können und an die sie sich mit Sorgen oder Ängsten wenden können. Tägliche Rituale, wie beispielsweise Abendreflexionen, und stabile Strukturen helfen dem hochsensiblen Kind zusätzlich, sich mit sich und anderen wohler zu fühlen und nicht zu sehr in negativen Gedanken und Gefühlen zu verharren.

Da auch hochsensible Kinder bereits ausgeprägte perfektionistische Tendenzen zeigen können, sollte darauf geachtet werden, dass dieser Perfektionismus nicht in Lernfrust und Versagensängste mündet. Druck durch die Eltern, vor allem im Hinblick auf schulische Belange, sollte unbedingt vermieden werden, damit das Kind lernt, dass es unabhängig von Schulnoten oder anderen Leistungen geliebt und angenommen wird.

Hochsensibilität im Jugendalter

Die Jugendphase ist aufgrund der vielen Veränderungen ohnehin für alle Heranwachsenden eine herausfordernde und anspruchsvolle Zeit, für hochsensible Jugendliche jedoch oft umso mehr: Hormone und andere körperliche Veränderungen, wachsendes Interesse an Sexualität und Partnersuche, die beginnende Ablösung von den Eltern, Schulwechsel und Schulabschluss, Entscheidungen im Hinblick auf eine Ausbildung und den späteren Beruf – dies sind viele Faktoren, die in einer relativ kurzen Zeit zusammen kommen.

Die Erkenntnis, dass man selbst gegenüber bestimmten Umwelteinflüssen und alltäglichen An- und Herausforderungen weniger belastbar ist als andere, ereilt viel Hochsensible bereits im Jugendalter. Die Stärken der Hochsensibilität erkennen sie hingegen oft nicht. So sind hochsensible Jugendliche beispielsweise besonders gut in der Lage,

mit emotionalen Ausnahmesituationen umzugehen, verarbeiten diese besser und sind in diesen grundsätzlich stärker und auch handlungsfähiger als Gleichaltrige. Im Laufe der Pubertät wächst bei jungen Menschen auch das Interesse an romanischen Beziehungen. Hier zeigen sich für junge HSP nicht selten Probleme: Aufgrund ihrer Eigenheiten erfahren sie oft auch hier häufiger Ablehnung, mit der sie schlechter zurechtkommen als nicht-hochsensible Jugendliche. Hinzu kommt, dass all die für das Flirten und Verliebtsein typischen Aspekte und Empfindungen von hochsensiblen Jugendlichen viel intensiver, aufreibender und durchaus auch belastender erlebt werden.

Ein weiterer Aspekt ist die häufige körperliche Unterlegenheit im Vergleich zu Gleichaltrigen. Sportunterricht oder andere Gruppensportaktivitäten sind dadurch und auch aufgrund des Lärmpegels, der Hektik und der häufigen Wettkampfsituationen und der damit verbundenen Anspannung, die oft mit damit einhergehen, für sie äußerst unangenehm.

Ihre körperliche Koordinationsfähigkeit wird zusätzlich beeinträchtigt und sie entwickeln nicht selten eine starke Abneigung dagegen. Viele hochsensible Jugendliche haben noch kein Bewusstsein dafür, dass andere Menschen die meisten Alltagssituation anders erleben als sie selbst und so fühlen sie sich schnell unterlegen, nicht belastbar, minderwertig und ihre Leistungen bleiben hinter ihren eigentlichen Fähigkeiten zurück.

Auch der Umgang mit dem eigenen Körper und der eigenen Gesundheit ist für Jugendliche und insbesondere für hochsensible junge Menschen nicht immer einfach. Ungesunde Ernährung durch Fast Food, beginnender Konsum von Alkohol oder auch Zigaretten und Drogen sind typisch für die Jugendphase und können für hochsensible Jugendliche ein noch stärkeres Risiko aufgrund der negativen Auswirkungen und gesundheitlichen Folgen darstellen. Von gewissen Gefahren des Jugendalters sind Hochsensible jedoch auch weniger stark getroffen, beispielsweise wenn es darum geht, mit Mopeds oder Rollern zu fahren oder Mutproben und Extremsportarten auszuüben, da

sie aufgrund ihrer Hochsensibilität oft bereits in jungen Jahren eine gewisse Bedächtigkeit und Vorsicht zeigen.

Hochsensible Jugendliche weisen ein höheres Risiko für Depressionen oder andere psychische Probleme. Dies liegt jedoch nicht an der Hochsensibilität selbst sondern in der Regel eher an den vielen ungünstigen Erfahrungen und am falschen Umgang mit den Betroffenen durch Eltern und andere Bezugspersonen. Ein adäquater Umgang mit ihnen ist daher umso wichtiger.

Denn bedingt durch die spezifischen Eigenschaften von Hochsensiblen werden betroffene Jugendliche nicht zwangsläufig zu „Problemjugendlichen", sondern kann auch das genaue Gegenteil der Fall sein und sie sind besonders pflegeleicht, umgänglich und unproblematisch. Dies kann zudem von außen gefördert werden, wenn einige Aspekte von den Eltern berücksichtigt werden. So hilft es hochsensiblen Jugendlichen beispielsweise, wenn ihre „Besonderheit" früh erkannt wird und sie von der Kindheit an mit diesem Thema vertraut gemacht und sie für ihre spezifischen Eigenschaften und Bedürfnisse sensibilisiert werden, um zu lernen, verantwortungsvoll damit umzugehen. Damit sollten sie jedoch nicht bedrängt werden. Sinnvoller ist es, Unterstützung und Informationen zur Verfügung zu stellen und anzubieten.

Insbesondere in der Zeit der Pubertät, in der die jungen Menschen sowohl eine kindliche als auch eine erwachsene Seite in sich tragen, ist es wichtig, beiden Anteilen Raum und angemessene Aufmerksamkeit zu schenken, damit sie ausgelebt werden können und die Jugendlichen sich gänzlich angenommen und respektiert fühlen. Das bedeutet beispielsweise, dass ihnen in Bereichen, in denen sie dazu in der Lage sind, Verantwortung übertragen werden sollte, zum Beispiel, wenn es um die Kleidung, Ernährung, Schlafenszeiten oder auch Pflichten im Haushalt geht – durchaus auch mit Anleitung und Unterstützung. Verwöhnen oder übermäßige Kontrolle und Bestimmung durch die Eltern kann sich langfristig negativ auswirken. Auf ein

„partnerschaftliches" Miteinander reagieren hochsensible Jugendliche in der Regel sehr positiv – sie fühlen sich gesehen und gehört und die Ablösung von den Eltern und der individuelle Reifungsprozess fallen ihnen leichter. Ein zu einnehmendes Verhalten seitens der Eltern kann dazu führen, dass sich die Jugendlichen zu schnell abwenden und zu früh nur noch „ihr eigenes Ding" machen wollen. Wenn Belastungen und negative Auswirkungen der Hochsensibilität zu stark werden, kann in Erwägung gezogen werden, zusätzlich therapeutische Hilfen in Anspruch zu nehmen.

Hochsensibilität im Erwachsenenalter

Im Erwachsenenalter wirkt sich die Hochsensibilität auf alle Lebensbereiche aus: auf die Partnersuche und Liebesbeziehungen, das Familienleben, auf Freundschaft, die Berufswahl und das weitere Berufsleben sowie auf die Gesundheit.

Hochsensibilität, Partnerschaft und Familiengründung

Ist die Pubertät überstanden, ist das Finden eines Partners, das Eingehen einer festen Beziehung sowie die Gründung einer Familie für hochsensible junge Frauen, ebenso wie für die meisten anderen Frauen, ein wichtiger Aspekt im Leben. Für hochsensible Frauen ist dieser Punkt womöglich sogar noch wichtiger als für nicht-hochsensible Frauen, da für HSP die Gefühls- und Beziehungsebene in der Regel eine größere Bedeutung haben. Hier bieten sich insbesondere zwei zentrale Herausforderungen für sie:

Zum einen ist es wichtig, dass hochsensible Frauen einen Partner finden, der ihren Besonderheiten Wertschätzung und Anerkennung entgegenbringt und sie so respektiert, wie sie sind. Günstig ist es auch, wenn sie einen Partner finden, der ebenfalls hochsensibel ist, da dieser sie so am besten verstehen und Rücksicht nehmen kann. In der Realität ist jedoch leider oft das Gegenteil der Fall: Hochsensible Frauen erleben es leider oft, dass ihre Partner sie für ihre Feinfühlig-

keit und ausgeprägte Emotionalität kritisieren, angreifen, sich über sie lustig machen oder sie nicht ernst nehmen. Das Gefühl seelischer Verbundenheit sollte maßgebendes Kriterium bei der Partnerwahl sein, nicht finanzielle Absicherung oder gesellschaftliches Ansehen – denn diese würde für die hochsensible Frau auf Dauer noch weniger funktionieren als für die „Normalbevölkerung". Schnell erleben sie in einer solchen Beziehung Frustration, Enttäuschungen und Verletzungen, die für sie sehr schwer durchzustehen und zu verarbeiten sind. Auch die Wahl besonders bedürftiger oder schwacher Partner geht für hochsensible Frauen selten gut aus und endet nicht selten mit der Aufopferung für den extrem unterstützungsbedürftigen Partner, während die hochsensible Frau selbst nichts zurückbekommt.

Da es insgesamt mehr nicht-hochsensible als hochsensible Menschen gibt, ist die Wahrscheinlichkeit relativ hoch, dass eine hochsensible Frau einen nicht-hochsensiblen Partner findet. In Kombination mit anderen Faktoren, wie weiteren individuellen Persönlichkeitsmerkmalen und Verhaltensmustern, den gesellschaftlichen Rollenbildern sowie sexistischen Tendenzen in unserer Gesellschaft, die uns nach wie vor vorzugeben versuchen, wie ein Mann oder eine Frau zu sein hat, kann dies zu verschiedenen Schwierigkeiten und Konflikten führen und eine Beziehung beeinträchtigen.

So neigen hochsensible Frauen dazu, sich in der Beziehung mit ihrem nicht-hochsensiblen Partner minderwertig zu sehen, weil sie nicht „normal" oder gar „ideal" zu sein scheinen. Die nicht-hochsensiblen Partner fühlen sich hingegen oft überfordert mit der Feinfühligkeit und der starken Emotionalität ihrer Partnerinnen und bezeichnen sie als „neurotisch" oder „überempfindlich". Auch das ausgeprägte Bedürfnis nach Ruhe und Rückzug, welches die nicht-hochsensiblen Partner bisweilen persönlich nehmen und als „ausgeschlossen werden" empfinden sowie Unterschiede im Bedürfnis nach sozialen Kontakten, Aktivitäten und gemeinsamem Ausgehen ist für die Partner oft schwer nachzuvollziehen und kann zu Unstimmigkeiten und Unzufriedenheit führen.

Die zweite Herausforderung im Hinblick auf Partnerwahl und Familiengründung im jungen Erwachsenenleben hochsensibler Frauen besteht darin, dass sie sich wirklich im Klaren darüber sein sollten, ob sie schon bereit dafür sind, eine Familie zu gründen. Eine relativ hohe Zahl hochsensibler Frauen haben laut einer Umfrage von Psychologin Sylvia Harke keine Kinder – aus unterschiedlichen Gründen: Dies kann ungewollt sein oder auch, weil sie Angst haben, den Anforderungen, die ein Baby mit sich bringt, nicht gewachsen und dadurch überfordert zu sein. Ungewollt kinderlose Hochsensible leiden zudem häufig noch stärker darunter als nicht-hochsensible. Grundsätzlich ist das Thema Mutterschaft und Familie ein sehr bedeutendes Thema für die gefühlsbezogenen, fürsorglichen und feinfühligen hochsensiblen Frauen.

Die Zeit der Schwangerschaft stellt für hochsensible Frauen eine sehr intensive Zeit dar, die sie als extremes, emotionales Auf und Ab erleben. Neben der großen Freude über das sich entwickelnde, neue Leben, das in ihnen heranwächst, machen ihnen viele Sorgen und Ängste zu schaffen – darüber, dass sie dem Ungeborenen ungewollt schaden könnten, dass sie während der Schwangerschaft alles richtig machen, dass die Geburt schwierig verlaufen könnte, dass sie ihrer Verantwortung für das Kind nicht gerecht werden oder ihm nicht genug Liebe geben könnten.

Hochsensible Frauen erleben oft ein sehr ausgeprägtes Gefühl der Verbundenheit mit ihren Kindern, erleben die Erziehung aber dennoch häufig als schwierig und problematisch. Das Mutter-Sein stellt eine große Herausforderung für hochsensible Frauen dar. Insbesondere in den ersten Wochen und Monaten braucht ein Baby extrem viel Aufmerksamkeit und Fürsorge, die Eltern sind ständig gefordert, bekommen oft wenig Schlaf. Was für alle nicht-hochsensiblen Eltern bereits eine sehr anstrengende Zeit ist, wird für HSP schnell zu einer immensen Herausforderung, die sie an die Grenzen ihrer Belastbarkeit und darüber hinausbringen kann. Dies schürt bei den hochsensiblen Müttern zudem oft Schuldgefühle und Selbstzweifel, sie sind

niedergeschlagen und fragen sich nicht selten, warum sie nicht einfach so sein können, wie die anderen glücklichen, entspannten und kompetenten Mütter, die ihr tagtäglich im Park, auf dem Spielplatz oder im Kindergarten begegnen. Aufgrund dieser verschiedenen Faktoren ist es besonders wichtig, dass hochsensible Mütter besonders gut auf sich und ihre Bedürfnisse achten, sich Freiräume zur Erholung schaffen, sich nicht zu stark mit anderen Müttern vergleichen oder sich zu sehr von anderen in den Umgang mit ihrem Baby hineinreden lassen, um gesund zu bleiben und entspannt und entwicklungsförderlich mit ihrem Baby – und natürlich auch später ihrem älteren Kind – zu interagieren.

Hochsensibilität im Kontext von Freundschaften und anderen sozialen Kontakte

Aufgrund ihrer besonderen Reizempfänglichkeit sowie der intensiven Reizwahrnehmung und -verarbeitung haben HSP, wie du bereits weißt, ein sehr hohes Bedürfnis nach Rückzug, Ruhe und Erholung. Von Kindheit an erhalten hochsensible Frauen immer wieder die Rückmeldung, dass sie „anders“ sind und erfahren nicht selten Ablehnung, Unverständnis, Abwertungen oder sogar Spott. Diese Diskriminierung, die von ihren Mitmenschen gar nicht unbedingt bewusst ausgeübt wird, sondern vielmehr aus deren Unkenntnis, mangelndem Verständnis und Überforderung im Umgang mit der HSP resultiert, führt im Laufe der Zeit dazu, dass sich hochsensible Frauen teilweise in sozialen Kontexten nicht mehr wohl und nicht zugehörig fühlen.

Sie nehmen sich selbst als Außenseiter wahr und um weitere Verletzungen zu vermeiden, beginnen sie, entweder soziale Situationen zu meiden oder auch eine tendenzielle Abneigung gegen andere Menschen zu entwickeln. Alternativ kommt es auch zu übertriebenen, vergeblichen Anpassungsversuchen. Sie bemühen sich, so zu sein, wie die Menschen es von erwarten. Da sie diesen Erwartungen jedoch auf Dauer nicht gerecht werden können, ziehen sie sich dann irgendwann doch zurück. Das besonders problematische daran, ist dass das

Fremdbild, das ihnen über die Rückmeldungen ihrer Umwelt über sie vermittelt wird, zunehmend ihr eigenes Selbstbild prägt und sie mehr und mehr zu der Überzeugung gelangen, das mit ihnen etwas nicht stimmt und sie nicht „richtig“ sind, so wie sie sind.

Hochsensible machen im Laufe ihres Lebens zahlreiche negative, ablehnende Erfahrungen und erleben es immer wieder, dass sie aufgrund ihrer Empathie und ihres Verantwortungsbewusstseins gegenüber anderen oft bedürftigen Menschen anziehen, sich für diese aufopfern oder sogar ausgenutzt werden. Dies führt bei vielen hochsensiblen Frauen dazu, dass sie sich nur noch schwer auf Freundschaften und engere soziale Beziehungen einlassen können, um sich vor weiteren Verletzungen zu schützen. Daher ist es von großer Wichtigkeit, dass hochsensible Frauen ihre Kontakte und Freundschaften sorgfältig auswählen.

Oberflächliche Kontakte sind für HSP anstrengend, da sie hier oft besonders viel Unverständnis erfahren oder sie sich besonders verstellen und anpassen, um mit ihrer Andersartigkeit nicht aufzufallen. Smalltalk ist für Hochsensible alles andere als erfüllend und langweilt sie schnell. Dabei hegen sie eigentlich einen tiefen Wunsch nach engen Freundschaften mit tiefen Gesprächen. Sie lieben es, sich über die großen und ernsten Themen des Lebens – beispielsweise philosophische Fragen oder gesellschaftliche und politische Themen – auszutauschen, was bei ihren Mitmenschen jedoch bisweilen auf Irritation, Unbehagen und Ablehnung stößt. Viele nicht-hochsensible Menschen können zudem den hohen Erwartungen von hochsensiblen Personen in Freundschaften nicht gerecht werden, sodass es hier häufiger zu Konflikten kommen kann.

Finden hochsensible Frauen aber Freunde, mit denen sie gemeinsame Interessen und Gesprächsthemen teilen, denen sie vertrauen können und von denen ihnen Verständnis und Wertschätzung für ihr Wesen und ihr Sein entgegengebracht wird, dann entstehen daraus in der Regel tiefe Freundschaften auf Augenhöhe. Ist dies der Fall, werden sie aufgrund ihrer besonderen Fähigkeiten oft zu geschätzter Gesell-

schaft und bevorzugten Ratgebern zu den verschiedensten Fragen des Lebens. Besonders „erfolgversprechend“ sind daher, ebenso wie bei der Partnersuche, Freundschaften beziehungsweise Sozialkontakte, bei denen beide Seiten hochsensibel sind. Hier stoßen sie in der Regel auf ähnliche Lebensweisen, Denk- und Reaktionsmuster, geteilte Interessen – insbesondere Philosophie, Spiritualität, Natur, Tiere und Umwelt, Politik und Gesellschaft, Wissenschaften – tiefgehende Gespräche, Verständnis und Wertschätzung.

Übrigens: Die Studie zur Rolle der Introvertiertheit bei der Auswahl von Spielpartnern in westlichen und asiatischen Kulturen, die ich im Abschnitt „Hochsensibilität in der Kindheit“ erwähnt habe, hat ein recht paradoxes Phänomen aufzeigen können: in westlichen Kulturen genießen zwar die introvertierten Menschen ein geringeres soziales Ansehen und erfahren weniger Zuwendung innerhalb der sozialen Gruppe, zugleich wird aber die tatsächliche Interaktion mit ihnen von den Gesprächspartner in den meisten Fällen als angenehmer empfunden.

Es wird vermutet, dass dies auf deren Zurückhaltung und geringe Tendenz, fordernd zu sein, zurückzuführen ist. Dies löst nämlich beim Gegenüber in der Regel Vertrautheit und ein Gefühl von Sicherheit aus. Extrovertierte Gesprächspartner können sich besser entspannen und genießen die Aufmerksamkeit, die ihnen von introvertierten, empfindsamen Menschen entgegengebracht wird.

Hochsensibilität im Berufsleben

Wenn die herausfordernde Zeit der Jugend überstanden ist, steht für hochsensible Menschen, ebenso wie für alle anderen auch, die wichtige Entscheidung an, welchen Beruf sie in ihrem weiteren Leben ausüben wollen. Wie an anderer Stelle bereits erwähnt, entscheiden sich viele hochsensible Menschen, insbesondere Frauen, für soziale oder helfende Berufe, beispielsweise arbeiten sie als Sozialarbeiterinnen, Pflegekräfte, Erzieherinnen, Ärztinnen, Psychologinnen, Lehrerinnen

oder Beraterinnen. Dies ist zum einen darauf zurückzuführen, dass es sich hierbei traditionell um „weibliche“ Berufe handelt und zum anderen darauf, dass hochsensible Frauen oft hohe Ideale hegen und sie hier ihre besonderen Fähigkeiten, wie ihre Empathie und ihr Einfühlungsvermögen besonders gut einbringen können. Auch kreative sowie natur- und tierbezogene Berufe werden besonders häufig von hochsensiblen Menschen ausgewählt, da diese oft ihren Interessen entsprechen und es ihnen ermöglichen, ihre besondere Begabung und Fähigkeiten auszuleben. Die letztendliche Entscheidung dafür kann bei HSP jedoch einige Zeit in Anspruch nehmen, da es für sie recht typisch ist, dass sie viele verschiedene Interessen hegen und zunächst einmal ein passender Beruf gefunden werden muss, der mit ihrer Hochsensibilität vereinbar ist.

Ist die Entscheidung getroffen und die hochsensible Frau im Beruf angekommen, kommen gleich die nächsten Herausforderungen auf sie zu: Sie muss damit zurechtkommen, mehr auf eigenen Füßen zu stehen und weniger Unterstützung durch das Elternhaus zu erhalten. Der Alltag als junger Erwachsener weist im Vergleich zur Jugendzeit eine weitaus größere Komplexität auf. Plötzlich müssen so viele Dinge beachtet werden, um die man sich kümmern muss: Arbeit, Miete, Rechnungen, Versicherungen, alltägliche Aufgaben, wie Einkäufe, der Haushalt, Termine, gegebenenfalls noch Kinder – diese vielen neuen Anforderungen, Aufgaben, Erfahrungsräume und Lernprozesse, mit denen auch nicht-hochsensible Menschen erstmal überfordert sein können, stellen einen immensen Stress für junge HSP dar. Sich im Gewusel dieses Alltags-Dschungels genügend Auszeiten und Ruhepausen zu nehmen und sich um die eigenen Grundbedürfnisse zu kümmern, ist nicht einfach. Dieses Übermaß an Reizen kann hochsensible Menschen extrem stressen und belasten.

Hinzu kommt, dass ihre Ideale, Erwartungen und Vorstellungen im Berufsleben schnell mit der harten Realität kollidieren. Während ihnen in ihrer Tätigkeit Aspekte wie Helfen, Einfühlung, Authentizität, Herzlichkeit, Rücksichtnahme, Unterstützung und gegenseitiges Ge-

ben am wichtigsten sind, treffen sie hier oft auf Konkurrenzkampf und Wettbewerb, autoritäre Vorgesetzte oder rücksichtslose Kollegen. Nicht das Helfen steht im Vordergrund, sondern Macht und Geld. Auch in sozialen Berufen spielen Zahlen und Statistiken, Qualitätsmanagement und spezifische Vorgaben eine zentrale Rolle.

Durch diese Erfahrung werden hochsensible Menschen im Job schnell enttäuscht und frustriert und ein Gefühl der Erfüllung bleibt aus. Es ist daher im Lebensverlauf hochsensibler Frauen nicht ungewöhnlich, dass sie sich nach der Anfangsphase im Berufsleben beruflich nochmal neu- oder umorientieren oder sich weiterqualifizieren, um ihrer wahren Berufung näher zu kommen und den idealen Job für sich zu finden.

Fragen, die hochsensiblen Frauen dabei helfen können, diesen zu finden, sind zum Beispiel:

- Welche Veranlagungen habe ich?
- Was bereitet mir Freude?
- Welchen Zweck möchte ich mit meiner beruflichen Tätigkeit erfüllen?
- Welcher Beruf ist mit meiner Intro- beziehungsweise Extraversion vereinbar?
- Wo kann ich meine hochsensiblen Gaben besonders wirksam einbringen?
- In welchen Berufen wären die Schwachpunkte meiner Hochsensibilität hinderlich?
- Gibt es einen Beruf, in dem ich meine unterschiedlichen Interessen und Begabungen einbringen kann?

Typische Schwachpunkte, mit denen sich hochsensible Frauen im Beruf oft konfrontiert sehen, sind:

- Probleme, abzuschalten und sich zu viele Gedanken zu machen – auch nach Feierabend
- Perfektionismus und zu langes Aufhalten an unwichtigen Details
- Zu streng und kritisch mit sich selbst und anderen sein
- Versagensängste und ständige Sorge, den eigenen Ansprüchen nicht gerecht werden zu können
- Konflikte mit Kollegen aufgrund ihrer spezifischen Persönlichkeitsmerkmale
- Als „Besserwisser“ wahrgenommen zu werden

Zu den typischen Stärken von HSP im Beruf zählen insbesondere:

- Idealismus und Begeisterung beziehungsweise „Brennen“ für den Beruf
- Hohe Zuverlässigkeit und Gewissenhaftigkeit
- Weitsicht und gutes Gespür für Details zugleich
- Hohe Leistungsbereitschaft, auch über die Arbeitszeiten hinaus
- hohe Ansprüche an die eigenen Ergebnisse, große Sorgfalt und tatsächliches Abliefern guter Ergebnisse
- sehr feine Wahrnehmung sowie gute Reflexionsfähigkeit und Fähigkeit zu kritischem Denken, wodurch sie positive Veränderungen anstoßen
- komplexes und lösungsorientiertes Denken

- Kreativität
- Empathie und soziale Intelligenz
- starker Gerechtigkeitssinn
- große Lernfreude und -fähigkeit

Damit HSP ihre Potentiale und Fähigkeiten voll entfalten können und durch die Anforderungen des Berufsalltags nicht zu sehr gestresst und beeinträchtigt werden, ist es hilfreich, wenn folgende Rahmenbedingungen – zumindest teilweise – umgesetzt werden können:

- Einzelbüro statt lautem und hektischem Großraumbüro
- Möglichkeit, regelmäßig kurze Pausen zu machen
- Gehörschutz zur Lärmreduktion
- Arbeitsplatz sollte so aufgestellt sein, dass man nicht mit dem Rücken zu Türen oder Gängen sitzt, da dies von HSP oft als großer Stressfaktor und unangenehm empfunden wird
- Angenehme, beruhigende Aussicht, beispielsweise Fenster zum Park oder ins Grüne
- Möglichkeit, im Home-Office zu arbeiten
- ausreichend Erholung und Schlaf in der Freizeit

Grundsätzlich gilt: Je mehr die besonderen Bedürfnisse der Hochsensibilität im Beruf berücksichtigt werden können und je mehr die HSP selbst dafür sorgt, dass sie genügend Entspannung und Ausgleich in der Freizeit erfährt, desto geringer ist die Wahrscheinlichkeit, dass die Anforderungen und Belastungen des Berufslebens sich negativ auf die seelische und körperliche Verfassung und die Gesundheit auswirken.

Hochsensibilität und Gesundheit

Aufgrund ihrer besonderen Feinfühligkeit verfügen hochsensible Menschen und insbesondere auch Frauen grundsätzlich über eine gute Intuition in Bezug auf ihre psychische und körperliche Gesundheit sowie bezüglich Risiken, die zu vermeiden sind. Hochsensible haben daher grundsätzlich ein gutes Gespür dafür, was ihnen guttut und was sich eher negativ auf ihre Verfassung auswirkt und verhalten sich tendenziell eher vorsichtig. Aber auch die Tatsache, dass viele HSP danach streben, ihr Leben sinnvoll und entsprechend ihrer Ideale zu führen, macht sie beispielsweise widerstandsfähiger bei Schicksalsschlägen, gibt ihnen Halt und Trost und treibt sie an, weiter zu machen, nicht aufzugeben und stark zu sein. Dies sind gute Voraussetzungen, um ein langes und gesundes, erfüllendes Leben zu führen.

Ich habe an anderer Stelle schon betont, dass Hochsensibilität keine Krankheit oder Störung darstellt, sie kann aber in gewissem Maße anfälliger für bestimmte Erkrankungen und Beeinträchtigungen, wie beispielsweise Phobien oder Depressionen, machen. Nach Pfeifer wird Hochsensibilität dann zur Krankheit, wenn folgende drei Merkmale vorliegen:

1. Verminderung der Genussfähigkeit
2. Verminderung der Beziehungsfähigkeit
3. Verminderung der Arbeits- und Leistungsfähigkeit

Diese drei Merkmale vermindern bei längerem Vorliegen insgesamt die Lebensfähigkeit. Forschungsergebnisse zeigen aber immer wieder, dass das Risiko, an einer psychischen Störung zu erkranken bei HSP in der Regel nur dann erhöht ist, wenn weitere Risikofaktoren vorliegen, wie zum Beispiel ungünstige Entwicklungsbedingungen in der Kindheit oder eine sehr belastende Lebenssituation. Wachsen hochsensible Kinder hingegen unter entwicklungsförderlichen, positiven Bedingungen auf, dann ist ihr Risiko für psychische Erkrankungen sogar geringer.

Weitere, HSP-typische Merkmale im Hinblick auf ihre Gesundheit sind, wie bereits unter „Körperliche Besonderheiten" erwähnt: ihre erhöhte Neigung zu Allergien und Stresssymptomen und stärkere Reaktionen auf Medikamente, was durch das sensiblere Nervensystem bedingt wird. Darüber hinaus fühlen sie sich schneller und stärker durch Schmerz und körperliche Bedürfnisse oder Mängel, wie beispielsweise Hunger, Durst oder Schlafmangel, beeinträchtigt. Hochsensible Menschen reagieren oft empfindlicher auf Alkohol, Nikotin, Koffein und Drogen, haben eine Neigung zu Kopfschmerzen und Migräne, Verdauungsbeschwerden oder Infekten und Entzündungen. Viele hochsensible Frauen leiden zudem stärker unter den Symptomen ihrer Periode, wie beispielsweise Krämpfen, Reizbarkeit und Verstimmungen, Müdigkeit und Abgeschlagenheit oder Kopfschmerzen. Auch diese Aspekte sind auf ihre erhöhte Reizsensibilität und die psychischen und körperlichen Reaktionen darauf zurückzuführen.

Trotz ihres hervorragenden körperlichen Frühwarnsystems neigen HSP dazu, sich nicht im erforderlichen Maße um ihre eigenen Bedürfnisse zu kümmern und entsprechende Gegenmaßnahmen einzuleiten, wenn es erste Beschwerden gibt. Dies liegt entweder daran, dass sie die Warnsignale ignorieren und ihre eigene Wahrnehmung nicht ernst genug nehmen. Es kann aber auch daran liegen, dass sie so sehr damit beschäftigt sind, sich um andere zu kümmern, dass sie sich selbst vernachlässigen.

Das Wichtigste in Kürze

✓ Hochsensible Kinder zeigen häufiger Verhaltensprobleme, wie zum Beispiel ADHS, und werden im Umgang oft als anstrengend erlebt.

✓ Aufgrund ihrer spezifischen Eigenschaften und Verhaltensweisen erfahren hochsensible Kinder oft ablehnende Reaktionen von Gleichaltrigen und Erwachsenen, finden schwe-

rer Freunde und weisen dadurch wiederum ein höheres Risiko für psychosomatische Beschwerden auf.

- ✓ In der Schule weisen hochsensible Kinder ein erhöhtes Risiko auf, zum Opfer von Mobbing zu werden und in Konflikte mit anderen Kindern zu geraten. Die Anforderungen der Schule stressen sie zudem in höherem Maße, als es bei nicht-hochsensiblen Kindern der Fall ist.
- ✓ In der Jugendzeit empfinden HSP die Veränderungen ihres Körpers intensiver und die psychosozialen Entwicklungsschritte, wie die Ablösung vom Elternhaus oder Flirtversuche und erste Romanzen sind für sie herausfordernder – einerseits, weil sie sowohl die damit verbundenen Gefühle intensiver erleben und andererseits, weil sie häufiger Ablehnung von Gleichaltrigen erfahren.
- ✓ Die Jugendphase bietet verschiedene Risiken für junge HSP, da sie zum einen mit vielen Versuchungen, wie Alkohol und Drogen, konfrontiert werden und die hochsensibilitätsbedingten negativen Erfahrungen zum anderen zu psychischen Beeinträchtigungen, wie zum Beispiel Depressionen, führen können. Zugleich gibt es aber auch Risiken, von denen sie aufgrund ihrer Bedachtheit und Vorsicht weniger betroffen sind, wie beispielsweise Verkehrsunfälle.
- ✓ Typische Entwicklungsaufgaben und Herausforderungen im Leben junger Erwachsener mit Hochsensibilität sind der Start ins Berufsleben, das Eingehen von Partnerschaften sowie das Gründen einer Familie.
- ✓ Obwohl es für hochsensible Frauen am günstigsten wäre, wenn sie einen ebenfalls hochsensiblen Partner finden, ist oft das Gegenteil der Fall und sie geraten in Beziehungen, in denen der Partner sehr bedürftig und wenig verständnisvoll ist, was zu vielen Enttäuschungen, Frustrationen

und nicht selten auch zur Aufopferung seitens der hochsensiblen Frauen führt.

- ✓ Viele hochsensible Frauen fühlen sich durch die Herausforderungen, die Schwangerschaft, Geburt und Mutterschaft mit sich bringen eingeschüchtert und überwältigt. Sie sind besorgt, dass sie ihrer Verantwortung nicht gerecht werden und dem Kind Schaden zufügen könnten. Auch die körperlichen und emotionalen Veränderungen, die mit einer Schwangerschaft einhergehen, erleben sie intensiver als nicht-hochsensible Frauen.

- ✓ Soziale Kontakte und Freundschaften sind ein sehr ambivalentes Thema für HSP, da sie durch die Enttäuschungen und Zurückweisungen, die sie im Laufe ihres Lebens erfahren, oft vorsichtig in Bezug auf neue Kontakte werden. Zugleich sehnen sich viele Hochsensible nach echten, tiefen zwischenmenschlichen Beziehungen.

- ✓ Am günstigsten sind Freundschaften zu anderen hochsensiblen Menschen, da diese ihnen in der Regel mehr Verständnis entgegenbringen, ähnliche Interessen, Eigenschaften und Verhaltensweisen teilen und ihnen Wertschätzung für ihr „wahres Selbst" entgegenbringen.

- ✓ HSP sind in Freundschaften aufgrund ihrer ausgeprägten Empathie und Feinfühligkeit oft geschätzte Zuhörer und Ratgeber.

- ✓ Viele hochsensible Frauen entscheiden sich für helfende und soziale Berufe, da sie hier ihre besonderen Fähigkeiten und Persönlichkeitsmerkmale sehr gut einbringen können. Gerade in diesen Berufen müssen HSP jedoch aufpassen, dass sie sich nicht zu sehr für andere verausgaben und auch ihre eigenen Bedürfnisse berücksichtigen.

- ✓ Hochsensible Frauen bringen im Allgemeinen im Beruf typische Stärken, wie beispielsweise ihre große Sorgfalt und Zuverlässigkeit oder ihr lösungsorientiertes Denken, aber auch Schwachpunkte und Risiken mit, wie zum Beispiel Probleme beim abschalten, Versagensängste und ständige Sorgen sowie eine Tendenz, in Konflikte mit Kollegen zu geraten.

- ✓ Werden die Rahmenbedingungen am Arbeitsplatz an die Bedürfnisse hochsensibler Menschen angepasst, trägt dies in hohem Maße dazu bei, dass sie zufrieden, engagiert und gesund bleiben.

- ✓ Hochsensibilität ist keine Krankheit, jedoch kann sie unter gewissen Umständen das Risiko für psychische Erkrankungen erhöhen.

- ✓ Hochsensible Menschen sind auch körperlich empfindsamer: Sie bemerken schnell, wenn ihr Körper nicht in Balance ist und spüren früh die Auswirkungen eines ungesunden Lebensstils.

- ✓ Aufgrund ihrer ausgeprägten Reizempfindlichkeit sind HSP anfälliger für Allergien, Reaktionen auf Medikamente, Genuss- und Lebensmittel, Magen-Darm-Problemen und Kopfschmerzen.

- ✓ Hochsensible Frauen haben stärker mit den Symptomen und Auswirkungen ihrer Periode zu kämpfen.

Kapitel 6: Von der Theorie zur Praxis

Viele Hochsensible – vor allem die, die eher unter den negativen Auswirkungen leiden und ihre Stärken und Gaben noch nicht voll auszuschöpfen gelernt haben und denen es noch schwerfällt, sich angemessen um ihre speziellen Bedürfnisse zu kümmern – fragen sich, ob es möglich ist, etwas gegen die Hochsensibilität zu tun beziehungsweise sie zu reduzieren oder gar zu therapieren. So sehr dieser Wunsch auch nachvollziehbar ist, vor allem wenn im Leben alles mal wieder sehr hektisch, laut und stressig läuft, ist genau dies aber der falsche Ansatz.

Denn wie ich zu Anfang dieses Buches bereits erwähnt habe, bin ich der Meinung, dass es sich bei Hochsensibilität vielmehr um eine Gabe, als um eine Schwäche oder ein Symptom und schon gar nicht um eine Krankheit handelt. Wer lernt, richtig mit dieser Gabe umzugehen und zu leben, der schafft es, die Vorzüge zu genießen und die negativen Auswirkungen so gering wie möglich zu halten. Und das Beste ist: Die Hochsensibilität selbst bietet uns die „Werkzeuge“ dafür, dies umzusetzen und dafür zu sorgen, dass wir unseren Alltag ausgeglichen, gesund und zufrieden gestalten und erleben.

Es geht also bei der Auseinandersetzung mit der eigenen Hochsensibilität nicht darum, zu „heilen“, sondern dass man sich selbst und sein Leben entsprechend seiner Voraussetzungen und Bedürfnisse verändert und einen entspannteren Umgang mit den vielen Reizen entwickelt.

Die verschiedenen spezifischen Merkmale von hochsensiblen Frauen machen es erforderlich, dass sie gut auf sich und ihre Bedürfnisse achten, um in Balance zu kommen und zu bleiben. Zum Teil stehen die Bedürfnisse auch im Widerspruch zueinander, wie beispielsweise ihr großer Bedarf nach Ruhe und Rückzug bei gleichzeitig stark ausgeprägtem Wunsch nach Freundschaften und ihrer Tendenz, für andere zu sorgen. Auch ihr schnell eintretendes Gefühl von Unterforderung und Langeweile steht im Konflikt mit ihren Rückzugstendenzen.

Diese verschiedenen Bedürfnisse machen es umso schwieriger, im Gleichgewicht zu sein, weshalb eine angemessene Selbstfürsorge für hochsensible Frauen eine lebenslange Lernaufgabe darstellt.

Wie du als hochsensible Frau deine Balance findest

Es ist also nicht unbedingt möglich, die Hochsensibilität selbst zu reduzieren, sondern es geht darum, die negativen Auswirkungen der Hochsensibilität zu reduzieren. Hierfür kann eine Lebensweise entwickelt werden, einen entspannteren Umgang mit Reizen zu finden, um die negativen Folgen der Eigenschaft möglichst gering zu halten und die dazu beiträgt, die verschiedenen Stärken voll auszuschöpfen. Wie dir das gelingen kann, erfährst du auf den folgenden Seiten.

Die wichtigste Grundlage für emotionale und körperliche Ausgeglichenheit und eine bedürfnisangemessene Lebensweise ist zunächst die Akzeptanz und Wertschätzung der eigenen Andersartigkeit: „Ich bin in Ordnung, so wie ich bin, mit all meinen Fähigkeiten und Stärken, aber auch mit meinen Schwächen.“ Da hochsensible Menschen – insbesondere Frauen – dazu neigen, mit ihren Gefühlen und Gedanken stark im Außen beziehungsweise bei den Bedürfnissen anderer Menschen zu sein, sollte geübt werden, sich mehr auf seine eigenen Bedürfnisse zu konzentrieren.

Dies gelingt beispielsweise, indem ganz bewusst immer wieder in den eigenen Körper oder das emotionale Befinden hinein gespürt wird. Es ist durchaus möglich zu lernen, sich bewusst von Reizen abzugrenzen und die eigene Wahrnehmung besser zu steuern und zu kontrollieren. Ebenfalls sehr hilfreich ist es, sich von Erwartungen der Umwelt, denen Hochsensible oft nur bedingt gerecht werden können, abzugrenzen und zu akzeptieren, dass man aufgrund der Unterschiede zwischen einem selbst und den anderen Menschen nicht immer verstanden wird und dass das okay ist.

In unserem Alltagsleben sind wir permanent von Reizen umgeben, die auf uns einwirken und die hochsensible Menschen in höherem Maße stressen und belasten können: Gerüche, beispielsweise der Schweiß anderer Menschen in der überfüllten Straßenbahn oder intensive Essensgerüche, Geräusche wie Verkehrslärm, Rasenmäher oder Bauarbeiten, körperliche Reize wie zu hohe oder zu niedrige Temperaturen oder kratzende Wäscheetiketten in der Kleidung, visuelle Reize wie Verkehrsschilder, Leuchtreklamen oder dichte Bebauung.

Gegen diese Reize kann man kaum etwas tun, sie sind überall vorhanden und es kaum möglich, diese zu reduzieren, sondern nur, einige von ihnen zu meiden oder sie zu reduzieren, zum Beispiel, indem das Etikett aus der Kleidung geschnitten oder das Fenster geöffnet wird. Darüber hinaus gibt es neben diesen externen Reizen auch innere Reize, die Hochsensible beeinträchtigen können, wie beispielsweise Gedankenkreisen, übermäßiges Grübeln, Sorgen und Ängste. Auch diese können für HSP sehr belastend sein und Stress auslösen.

Außerdem können externe und interne Reize zusammenwirken und sich wechselseitig beeinflussen, wenn man zum Beispiel in einem überfüllten Wartezimmer sitzt und es zu warm und zu stickig ist: Nicht-hochsensible Menschen würden vielleicht einfach das Fenster öffnen oder die unangenehme Situation aushalten, bis sie aufgerufen werden. Für HSP hingegen kann eine solche Situation jedoch starken Stress hervorrufen.

Sie sind nicht nur gestresst durch die hohen Temperaturen oder die schlechte Luft, sondern beginnen zusätzlich beispielsweise in einen Gedankenstrudel darüber zu geraten, wie sie mit dem Öffnen des Fensters unangenehme Aufmerksamkeit auf sich ziehen, wie die anderen Menschen im Wartezimmer reagieren, was sie dann über einen denken und ob es ihnen dann vielleicht zu kalt wird und sie sich über das Öffnen des Fensters ärgern.

Der Stress wird in solchen Situationen durch einen „inneren Widerstand“ ausgelöst: gegen das, was man eigentlich gerade braucht, was

man aber eigentlich nicht tun möchte. Man möchte etwas nicht so haben, wie es gerade ist. Oft wird der Stress, der damit verbunden ist, zusätzlich durch vergangene Erfahrungen getriggert, in denen negative Reaktionen der Umwelt auf das eigene Verhalten folgten.

In solchen Situationen kann es helfen, die eigenen Gedanken und Gefühle bewusst zu hinterfragen und zu reflektieren: Was genau fühle ich gerade und warum? Was möchte ich gerade nicht fühlen und warum? Wichtig ist es, sich nicht gegen die eigenen Empfindungen zu wehren, sondern sie anzunehmen und durch sich hindurch fließen zu lassen.

Was Hochsensible außerdem tun können, um sich vor einer Überreizung durch diese Einflüsse zu schützen, ist auch ein Bewusstsein für die einströmenden Reize zu entwickeln und aufmerksam dafür zu werden, welche konkreten Reize uns beeinflussen und wie sie das tun. Dies ist der erste Schritt, um eine bessere Selbstfürsorge und entsprechende Schutzmaßnahmen zu entwickeln.

Um in seelische, geistige und körperliche Balance zu gelangen und zu bleiben und gesundheitlichen Problemen vorzubeugen, hilft es hochsensiblen Menschen, ihre körperlichen und seelischen Signale zu beachten, wahrzunehmen und ernst zu nehmen. Um der Entstehung von Beschwerden vorzubeugen, ist es hilfreich und wichtig, die Hochsensibilität anzuerkennen und den eigenen Alltag entsprechend der damit verbundenen Bedürfnisse zu gestalten.

Eine der besten Präventionsmaßnahmen ist es, Stress, Überreizung und Dauerbelastungen zu vermeiden und sich und seinem sensiblen Nervensystem immer wieder Ruhepausen zu gönnen und Rückzugsmöglichkeiten zu schaffen, um die vielen Reize, die permanent und ungefiltert auf einen einprasseln, zu verarbeiten. Ausreichend Schlaf, eine gesunde Ernährung und ausreichend Flüssigkeitszufuhr sind zudem essentiell wichtig, um ausgeglichen, zufrieden, gesund und leistungsfähig zu bleiben.

Darüber hinaus kann eine übermäßige Anpassung oder auch zu starke Reizvermeidung, beispielsweise durch übermäßigen Rückzug, vermieden werden, indem im Alltag kleine „Nischen“ geschaffen werden, die einem immer wieder kurze Ruhepausen oder auch fokussiertes, ablenkungsarmes Arbeiten ermöglichen.

Weitere Präventionsmaßnahmen, die Hochsensiblen helfen gesund und in Balance zu bleiben, sind aktive Entspannungsmethoden, wie Meditation, Yoga, autogenes Training, Atemübungen oder Traumreisen. Aktivitäten in der Natur, wie regelmäßige Spaziergänge oder Fahrrad fahren, tragen bei den meisten hochsensiblen Menschen in hohem Maße zu psychischem und physischem Wohlbefinden und Gesundheit bei. Eine gezielte Auseinandersetzung mit der eigenen Hochsensibilität sowie deren Akzeptanz und Annahme sind eine weitere wichtige Basis, um als hochsensible Frau in Balance zu bleiben.

Wenn in der Vergangenheit belastende Erfahrungen gemacht wurden oder die aktuelle Lebenssituation sehr herausfordernd ist, kann es helfen, diese Erfahrungen aktiv zu verarbeiten, gegebenenfalls auch mit professioneller Hilfe, oder sich mit seinem „Inneren Kind“ auseinanderzusetzen. Das Bild des „Inneren Kindes“ entstammt dem Bereich der Psychologie beziehungsweise Psychotherapie und symbolisiert die aus der Kindheit „gespeicherten“ Erfahrungen, Gefühle und Erinnerungen, die uns im Erwachsenenleben noch beeinflussen können.

Bei besonders ausgeprägten emotionalen Belastungen und Problemen empfiehlt es sich, hierfür auch professionelle Hilfe, beispielsweise durch einen Therapeuten oder Coach, in Anspruch zu nehmen. Die Auseinandersetzung mit und die Aufarbeitung der eigenen Lebensthemen trägt langfristig dazu bei, mit sich selbst und seiner Umwelt sowie mit den eigenen Besonderheiten ins Reine zu kommen und insgesamt ausgeglichener und zufriedener durchs Leben zu gehen.

Vorbeugen und Schützen: Strategien für den Alltag

Um negative Einflüsse der Hochsensibilität für sich zu reduzieren und die eigenen Stärken besser nutzen zu können sowie ins Gleichgewicht zu kommen, gibt es ganz konkrete, praktische Strategien und Tipps. Grundsätzlich ist es hilfreich, eine zu starke Belastung durch Reize möglichst bereits im Vorfeld zu vermeiden sowie den eigenen Umgang damit zu verändern.

Ruhepausen einlegen

Wie wichtig und hilfreich es ist, regelmäßig Ruhepausen einzulegen, um all die vielen Sinneseindrücke zu verarbeiten, weißt du bereits, fragst dich aber möglicherweise, wie sich das im Alltag umsetzen lässt.

Es ist gar nicht so, dass du dich ständig für eine halbe Stunde oder mehr herausziehen musst. Oft reichen bereits zwei bis drei Minuten, für die man sich zurückzieht, durchatmet, die Augen schließt und kurz innehält – im Beruf oder auch zuhause. Verbringe deine Pausen auf der Arbeit nicht zu viel mit Gesprächen unter Kollegen, sondern gönne dir auch Zeit allein. Mache dir Zeitpläne und To-Do-Listen, um Struktur und bessere Übersicht über deinen Tag zu haben und deine Pausen zu planen.

Richte dir zuhause ein Zimmer oder eine kleine „Rückzugs-Ecke“ ein, die nur dir gehört und in der deine Familie beziehungsweise die anderen Mitglieder deines Haushaltes dich nicht stören dürfen. Auch kurze Spaziergänge an der frischen Luft, am besten in der Natur, eignen sich hervorragend, um zur Ruhe zu kommen und abzuschalten. So kannst du für einen Moment ganz für dich sein und deinem Reizverarbeitungssystem eine kleine Auszeit geben. Wenn du dies über den Tag hinweg mehrmals wiederholst, hilft dir das, dich entspannter zu fühlen und gelassener durch den Alltag zu kommen.

Grenze dich von anderen ab

Aufgrund der oft stark ausgeprägten Empathie fällt es HSP meist schwer, sich auf die eigenen Bedürfnisse zu fokussieren und sich nicht zu sehr in den Bedürfnissen und Befindlichkeiten anderer zu verlieren oder auch zwischen den eigenen und denen anderer zu unterscheiden. Auch hierfür sind die oben genannten Ruhepausen wichtig: Nutze Zeit mit dir allein gezielt, um zu dir zu kommen und herauszufinden, was du gerade brauchst. Auch wenn es schwerfällt, sage auch mal „Nein", wenn andere Menschen dich um etwas bitten oder etwas fordern – zum Beispiel Aufmerksamkeit –, was dir eigentlich geradezu viel abverlangt und dich unter Druck setzt.

Es ist schön, dass du dich um andere sorgst und kümmerst, aber achte darauf, dass du nicht zu viel gibst und selbst auf der Strecke bleibst. Davon hätte nämlich niemand was – denn wenn du so viel für andere gibst, dass du am Ende kaum noch Kraft und Energie hast, kannst du auch nicht mehr für andere da sein. Du hast nichts mehr zu geben und fühlst dich ausgelaugt oder erschöpft.

Sorge daher vor und stelle sicher, dass du deine Energiereserven immer gut gefüllt sind und setze frühzeitig Grenzen, statt immer gleich den Wünschen anderer nachzukommen. Es gibt eine sehr schöne Metapher, die sich gut eignet, um sich dies immer wieder in Erinnerung zu rufen: „Ein leeres Glas kann man nicht teilen." Also: Sorge dafür, dass dein Glas immer gut gefüllt ist.

Umgebe dich mit den richtigen Menschen

Der Kontakt mit anderen Menschen kann grundsätzlich zwei verschiedene Effekte auf uns haben: Entweder gibt er uns Energie oder er kostet uns Energie. Diese Auswirkung von sozialen Interaktionen kann bei hochsensiblen Menschen erhöht sein, insbesondere bei denjenigen mit „Energievampiren". Dabei handelt es sich um Menschen, die oft narzisstische Tendenzen aufweisen und über ihr Verhalten ver-

suchen, so viel Aufmerksamkeit und Anerkennung wie nur möglich von ihrem Gegenüber zu erlangen. Zusätzlich versuchen diese Energievampire auch oft, sich selbst besser zu fühlen, indem sie ihre Interaktionspartner kritisieren oder abwerten.

Aufgrund ihres Verhaltens, das viel Kraft und Nervenstärke kostet und für das Hochsensible besonders empfänglich sind, ist es für sie umso wichtiger, sich von diesen Energievampiren fernzuhalten. Umgebe dich stattdessen mit Menschen, die echtes Interesse an dir zeigen, die dir Verständnis und Vertrauen entgegenbringen, dich bedingungslos akzeptieren und schätzen und die dir Kraft geben.

Lerne dich selbst kennen

Das mag jetzt vielleicht etwas komisch klingen, aber: Wie gut kennst du dich selbst eigentlich? Hast du dich schon einmal ganz bewusst damit auseinandergesetzt, was deine Bedürfnisse, Wünsche und Träume sind? Sich darüber im Klaren zu sein, was man wirklich braucht und will. Wenn du dies herausgefunden hast, verfügst du über die wichtigsten Voraussetzungen, um dein Leben in die Hand zu nehmen und es so zu gestalten, wie du es willst und vor allem so, wie es gut für dich ist.

Sei du selbst und stehe zu deiner Hochsensibilität

Nimm dir im Alltag immer mal wieder die Zeit, in dich hinein zu schauen und nachzuspüren, wer du bist, was für ein Mensch du sein möchtest und wie du leben und handeln willst. Welche Werte und Ideale sind dir wichtig? Versuche gezielt, dich selbst besser kennenzulernen, deiner inneren Stimme zuzuhören und ihr mehr zu vertrauen.

Auch wenn es manchmal schwierig ist und viel Mut erfordert, versuche im Kontakt mit anderen authentisch und ganz du selbst zu sein. Gehe gegenüber Menschen, denen du vertraust, offen mit deiner Hochsensibilität um, denn nur so kannst du wirklich DU sein. Viele hochsensible Menschen berichten, dass es für sie wie eine Befreiung

war, als sie begonnen haben, einen offenen Umgang bezüglich ihrer Hochsensibilität zu pflegen und es deutlich stressfreier erlebt haben, als sich ständig zu verstellen und anzupassen.

Vermeide Reizüberflutung durch zu viele Informationen und mache digitale Pausen

Eine hilfreiche Strategie, neben der stärkeren Fokussierung auf die eigenen Bedürfnisse, der bewussteren Körperwahrnehmung und dem Schaffen von Rückszugsnischen, ist die gezielte Abgrenzung von Informationsüberfluss, insbesondere durch Medien. Viele Menschen verbringen viel Zeit in sozialen Netzwerken, mit Nachrichten-Apps oder auch Spielen und anderen Anwendungen am Smartphone, Tablet oder Computer, ohne sich darüber bewusst zu sein, wie viel Zeit wirklich dafür aufgewendet wird. Auch wenn dies vielleicht als Erholungszeit wahrgenommen wird, zieht sie durch die vielen Reize und Informationen gerade bei HSP oft zusätzlich Energie.

Diese Zeit kann ebenso gut genutzt werden, um die eigenen Akkus wieder aufzuladen und dem Reizverarbeitungssystem eine Pause zu gönnen. Versuche doch mal, deinen Medienkonsum zu reduzieren oder vielleicht auch mal für eine gewisse Zeit völlig darauf zu verzichten. Richte zum Beispiel Zeiten ein, in denen du dein Telefon ausschaltest oder begrenze deine Zeit, die du in sozialen Netzwerken verbringst, ein. Viele Smartphones haben beispielsweise inzwischen Apps für eine bessere digitale Balance. In diesen kannst du die Nutzungszeit bestimmter Apps begrenzen oder zumindest „überwachen“, wie viel Zeit du tatsächlich am Display verbringst.

Stelle dich Herausforderungen

Viele Alltagssituationen, die für nicht-hochsensible Menschen keine besondere Herausforderung darstellen können für HSP ausgesprochen schwierig und energiezehrend sein. Auch wenn es wichtig ist, sich immer wieder Auszeiten zu können, kannst du deine Fähigkeiten zum

besseren Umgang mit vielen Reizen trainieren. Wenn du herausfordernde Situationen nur noch meidest, wird dein Wahrnehmungssystem nämlich zunehmend empfindlicher und du reagierst noch sensibler auf die vielen Sinneseindrücke des Alltags. Stelle dich daher immer wieder den Herausforderungen des Lebens. Auf diese Weise wird dein Gehirn – ähnlich wie bei einer Behandlung von Allergien – desensibilisiert und langfristig stärker. Natürlich solltest du es dabei nicht übertreiben und vorsichtig vorgehen. Dies gelingt am ehesten durch eine ausgewogene Kombination aus Reizen und Ruhepausen.

Praktiziere Achtsamkeit

Achtsamkeit ist ein Konzept, das seinen Ursprung in der buddhistischen sowie einigen anderen traditionellen Kulturen hat. Es geht bei Achtsamkeit im Großen und Ganzen darum, sein Bewusstsein zu trainieren mehr im Hier und Jetzt sowie bei sich selbst zu sein, in den Körper und die eigenen Gefühle hinein zu spüren, auf Bewertungen – beispielsweise von Situationen, Gedanken oder Gefühlen – zu verzichten und einfach nur „zu sein".

Durch verschiedene praktische Übungen, zum Beispiel Atemübungen, Meditationen und Yoga trägt Achtsamkeit dazu bei, Stress und dessen körperliche und psychische Auswirkungen zu reduzieren, die psychische Widerstandskraft zu erhöhen und insgesamt zufriedener, ausgeglichener und glücklicher zu sein. Dies ist sogar vielfach wissenschaftlich belegt. Insbesondere hochsensiblen Menschen hilft Achtsamkeit zudem, die eigenen Grenzen frühzeitig wahrzunehmen und körperliche sowie seelische Bedürfnisse besser zu erkennen.

Achtsamkeitsübungen lassen sich ohne großen Aufwand in den Alltag integrieren und können auch in akuten Stresssituationen helfen, entspannt und ausgeglichen zu bleiben. Wenn du solche einfachen Achtsamkeitsübungen gerne selbst ausprobieren möchtest, findest du ein paar Ideen im nächsten Abschnitt.

Bereite dich vor

Wenn du weißt, dass dich gewisse Situationen oder Umstände überfordern, dann solltest du dich im Voraus darauf vorbereiten. So kannst du üben, was dir am besten hilft, in diesen Situationen klarzukommen. Selbstverständlich handelt es sich dabei lediglich um eine abgeschwächte Simulation, dennoch wird sie dir dabei helfen, deine Reize unter Kontrolle zu haben, wenn diese Situationen in der Realität auftauchen. Dementsprechend suchst du dir deine Vertrauensperson und spielst die Situation theoretisch mit allen Eventualitäten durch. Solltest du dafür mehrere Personen brauchen, ist das auch kein Problem. Darüber hinaus können die Situationen auch mit zum Beispiel Menschenmassen zu tun haben – hier bietet es sich an, gezielt Situationen zu suchen, bei denen viele Menschen zusammenkommen. Dabei solltest du dich jedoch langsam herantasten und nicht direkt die größte Masse nehmen, die dir einfällt. Auch hier kann es ratsam sein, sich von einer Vertrauensperson begleiten zu lassen.

Entwickle „Abschaltroutinen"

Routinen geben vor allem hochsensiblen Menschen Sicherheit. Durch Routinen weiß man, was auf einen zukommt. Dementsprechend ist es neben generellen Routinen wichtig, „Abschaltroutinen" zu entwickeln. Damit ist gemeint, dass gezielt Routinen entwickelt werden, die dazu dienen, runterzukommen und einfach abzuschalten. So weiß der Körper auch, dass eine gewisse Situation oder der Tag an sich abgeschlossen ist und er sich entspannen kann, anstatt unter Dauerstrom zu stehen. Hier muss an sich jeder individuell entscheiden, was beim Abschalten hilft, allerdings folgen einige Anregungen:

- Ein Bad nehmen
- Eine Gesichtsmaske
- Fernsehen
- Ein Glas Wein trinken
- Ein gutes Buch lesen
- Sich etwas Leckeres kochen
- Eine Folge seiner Lieblingsserie gucken
- Wohlfühlmusik hören

Manage deine Zeit

Wie bereits angemerkt, ist es hochsensiblen Menschen wichtig, sich nach gewissen Dingen richten zu können, da sie so das Gefühl von Sicherheit bekommen. Allein das Wissen über verschiedene Zeitpunkte gibt ihnen somit Ruhe. Deswegen ist es wichtig, dass du deine Zeit richtig und vor allem im Voraus planst. Dabei solltest du auch darauf achten, dass du Pausen mit einplanst, sodass du immer wieder Möglichkeiten der Entspannung hast. Durch eine konkrete Zeitplanung wirst du besser und gelassener durch deinen Alltag kommen, sodass bereits durch diese kleine Veränderung dein Wohlbefinden deutlich verbessert wird.

Richte dir einen Wohlfühlort ein

Ein Wohlfühlort sorgt ebenfalls dafür, sich sicher zu fühlen. Man weiß, wo man hingehen kann, wenn die eigenen Reize einen zu überfluten drohen. Diesen sollte man sich auf jeden Fall in den eigenen vier Wänden einrichten, aber auch im Arbeitsumfeld. Bei Letzterem ist es etwas schwieriger, dennoch ist es möglich. Beginnen wir zunächst damit, was genau mit dem Begriff gemeint ist und wie man vorgehen sollte. Ein Wohlfühlort ist ein Ort, an dem du dich zurückziehen kannst – wenn dir alles über den Kopf zu wachsen scheint, gibt er dir Zuflucht. Dementsprechend muss es ein Ort sein, an dem du dich wohlfühlst.

Wenn du bei dir zu Hause bist, brauchst du an sich keinen Wohlfühlort, da im Idealfall dein ganzes zu Hause einer ist. Allerdings kann es sein, dass du nicht alleine wohnst und dementsprechend ein Wohlfühlort von Vorteil wäre. Aber auch wenn du alleine wohnst, kann ein Wohlfühlort einen sicheren Hafen darstellen. Dabei geht es nicht um Überforderungen, die in deinen eigenen vier Wänden geschehen, sondern vielmehr an anderen Orten, sodass du beim zu Hause Ankommen dort Sicherheit findest.

Die Voraussetzungen für einen Wohlfühlort sind, dass du dich dort sicher fühlst, dass er möglichst ruhig ist und du dort deine innere Ruhe und Stärke wiederfinden kannst. Im Arbeitsumfeld kann dieser Ort eine ruhige Nische sein oder im Zweifelsfall die Toilette, wobei diese nicht unbedingt zum Wohlfühlen einlädt. Alternativ bietet es sich auch an, dann Pause zu machen, wenn die anderen arbeiten.

Das Wichtigste in Kürze

- ✓ Anstatt gegen die Hochsensibilität anzukämpfen, sollte man lernen, mit seiner Gabe umzugehen, um die Vorzüge zu genießen und negative Auswirkungen gering zu halten.
- ✓ Die wichtigste Grundlage für die emotionale und körperliche Ausgeglichenheit ist die Akzeptanz und Wertschätzung der Andersartigkeit.
- ✓ Sowohl externe als auch interne Reize können zu Stress führen, vor allem, wenn sie zusammen wirken. Dementsprechend sind die ersten Schritte Empfindungen wahrzunehmen und sich diesen bewusst zu werden.
- ✓ Präventivmaßnahmen helfen am besten, um überreizende Situationen zu reduzieren. Auch Erlebnisse der Vergangenheit sollten aufgearbeitet werden.
- ✓ Strategien für den Alltag sind: Ruhepausen einzulegen, sich von anderen abzugrenzen, sich mit den richtigen Menschen zu umgeben, sich selber kennenzulernen, sich zu akzeptieren und zu sich selbst stehen, Reizüberflutungen zu vermeiden, sich Herausforderungen zu stellen, Achtsamkeit zu lernen, sich vorzubereiten, „Abschaltroutinen“ zu entwickeln, seine Zeit zu managen und sich einen Wohlfühlort einzurichten.

Kapitel 7: Praktische Übungen

Es gibt zahlreiche einfache und kurze Übungen, um einen kleinen Moment der Entspannung einzulegen, sich zu sammeln und wieder mehr bei sich zu sein. Diese kleinen Übungen und Rituale für den Alltag lassen sich fast überall ohne großen Aufwand einsetzen und helfen dabei, Überreizung zu reduzieren und ein bisschen Abstand von anderen Menschen oder einfach auch dem anstrengenden Alltag zu gewinnen. Darüber hinaus gibt es auch Übungen, die dabei helfen, bestimmte Fähigkeiten zu stärken, wie beispielsweise die Selbstwahrnehmung oder die Abgrenzung von anderen. Nachfolgend stelle ich dir einige Übungen vor. Ich wünsche dir viel Freude und Erfolg beim Ausprobieren!

Einfache Atemübung zum kurzen Abschalten

Atemübungen helfen, den Kreislauf, die Herzfrequenz und den Blutdruck zu senken und haben positive Effekte auf die emotionale und seelische Verfassung.

Für diese einfache Atemübung legst du dich am besten in bequemer Position auf den Rücken, die Hände liegen dabei flach auf dem Bauch. Wenn dies nicht möglich ist, kannst du die Übung auch im Sitzen ausführen. Versuche in den Bauch zu atmen und die Luft durch deinen gesamten Oberkörper hindurchfließen zu lassen. Halte für einen kurzen Augenblick die Luft an, bevor du sie ganz langsam durch den leicht geöffneten Mund wieder ausströmen lässt.

Das Ausatmen sollte etwa doppelt so lange dauern, wie das Einatmen. Wiederhole dies einige Male, versuche aber zwischen Aus- und Einatmen stets eine kurze Pause zu machen. Nach einigen Atemzügen kannst du die Hände auch auf den Brustkorb legen und ganz gezielt in diesen Bereich hineinatmen – ebenfalls mit kurzen Pausen zwischen Ein- und Ausatmen.

Meditation

Meditationen helfen Hochsensiblen, sich vom Alltag abzugrenzen, mehr bei sich selbst zu sein und so leichter und entspannter durch den Alltag zu kommen. Sie fördern Entspannung und Gelassenheit und stärken die Selbstsicherheit. Ein zentraler Aspekt von Achtsamkeit und Meditation ist vor allem auch die neutrale Wahrnehmung. Das heißt, es werden bestimmte oder auch alle Reize, Gedanken und Empfindungen bewusst wahrgenommen, jedoch nicht positiv oder negativ bewertet. Auch im Alltag, besonders von HSP, ist dies eine wichtige Kompetenz, um sich vor Überreizung oder einer Überwältigung durch zu viele stressende Eindrücke zu schützen und sich besser und leichter entspannen zu können.

Für diese Meditationsübung solltest du dich in eine bequeme Position begeben. Das kann im Liegen oder auch im Sitzen, zum Beispiel auf einem Stuhl, im Schneidersitz oder auf einem Kissen oder Hocker sein. Sogar im Stehen lässt sich diese Meditation durchführen. Achte im Sitzen oder Liegen aber darauf, dass sich deine Wirbelsäule in gerader Position befindet, um zu verhindern, dass dein Gehirn zu sehr abschaltet und du einschläfst.

Um in die Meditation hineinzukommen kannst du mit oben genannter Atemübung beginnen. Dies hilft dir, dich auf dich und deinen Körper zu fokussieren. Achte besonders auf die Pausen zwischen den Atemzügen und versuche dich nur auf das Atmen zu konzentrieren. Du wirst merken, dass deine Gedanken immer wieder abschweifen und du anfängst über die Arbeit, die Einkaufsliste, das Abendessen, deine Aufgaben oder was sonst noch so in deinem Kopf herumschwirrt, nachzudenken. Das ist völlig normal.

Versuche dieses Gedankenkreisen bewusst wahrzunehmen und immer wieder zu deinem Atem zurückzukehren. Beginne nun, deine körperlichen Empfindungen bewusst wahrzunehmen und die Umgebungsreize auszublenden. Höre auf den Klang deines Atems, das Auf und

Ab deines Oberkörpers, Empfindungen, wie beispielsweise das Ein- und Ausströmen der Luft in und aus deinem Körper, ein Luftzug, der deinen Arm streift oder wie warm beziehungsweise kühl sich dein Körper anfühlt. Was fühlst du? Wie fühlen sich die verschiedenen Bereiche deines Körpers an? Nehme einfach nur wahr und bewerte diese Eindrücke nicht. Sobald du das Gefühl hast, du hast genug und möchtest wieder in die „Realität“ zurückzukehren, beginne nun auch langsam wieder deine Umgebung wahrzunehmen. Was hörst du? Was riechst du? Öffne langsam deine Augen. Was siehst du? Bevor du wieder ganz in die Situation zurückkehrst spüre noch ein letztes Mal genau in dich hinein und sei stolz darauf, dass du aktiv für dich gesorgt und dir und deinem Gehirn eine kleine Pause gegönnt hast.

Noch ein kleiner Tipp: Im Internet findest du auch zahlreiche geführte Meditationen. Du wirst hier aktiv angeleitet und oft sind diese Übungen in kurze, entspannende und inspirierende Geschichten eingebunden. Probiere es doch mal aus!

Entspannen und den Körper wahrnehmen: Body Scan

Auch wenn HSP über eine sehr gute Körperwahrnehmung verfügen, verlieren sie im reizüberladenen Alltag und mit ihrer starken Einfühlung für andere Menschen leicht die Verbindung zu sich selbst und ihrem Körper. Um diese Verbindung wieder zu stärken und sich und den Körper zu entspannen eignet sich die aus der Achtsamkeitspraxis stammende Übung „Body Scan“ besonders gut. Dabei geht es darum, die Aufmerksamkeit ganz auf den eigenen Körper und alle vorhandenen Körperempfindungen zu richten. Diese sollen einfach nur wahrgenommen, jedoch nicht bewertet werden.

Lege dich für diese Übung am besten in entspannter Lage auf den Rücken, die Arme locker seitlich und parallel zum Körper. Wenn das nicht möglich ist, kannst du die Übung aber auch im Sitzen oder im Stehen durchführen. Schließe deine Augen, atme ruhig durch die

Nase ein und durch den leicht geöffneten Mund wieder aus. Nun nimm gezielt Kontakt zu deinem Körper auf. Beginne mit den Zehenspitzen: Richte deine Aufmerksamkeit ganz gezielt auf sie und nehme einfach nur wahr, wie sie sich anfühlen. Gleite nun in deiner Vorstellung mit deinem „Scanner“ – also deiner Aufmerksamkeit – langsam über die Füße, die Gelenke, die Waden, die Knie und beide Oberschenkel hoch bis zum Gesäß. Von hier machst du weiter über den Unterleib, den Bauch, den Brustkorb hoch bis zu deinem Hals.

Nun sind deine Fingerspitzen dran. Scanne auch hier über die Handgelenke, die Unterarme, die Ellenbogen hoch bis zu Schultern und Hals – erst über den einen Arm, dann über den anderen. Mache nun mit deinem Kinn weiter und scanne von hier über die Lippen, die Nase, deine Ohren, Augen, die Stirn hoch bis zum Scheitelpunkt auf dem Kopf weiter. Fühle einfach ganz genau nach, wie sich jeder einzelne Bereich anfühlt, bewerte diese Empfindungen nicht und versuche nicht, sie zu beeinflussen.

Nimm einfach nur wahr. Bevor du wieder ins Alltagsbewusstsein zurückkehrst und du deine Aufmerksamkeit wieder für die aktuelle Situation und Außenreize öffnest, versuche abschließend einmal deinen Körper als Ganzes zu spüren und wahrzunehmen, wie er sich anfühlt. Nun atme noch einmal tief ein und aus, öffne langsam deine Augen und kehre in den Alltag zurück.

Besonders effektiv ist diese Übung, wenn du sie regelmäßig durchführst und sie als festes Ritual in deinen Alltag integrierst, beispielsweise immer nach dem Aufwachen und/oder vor dem Einschlafen. Der Body Scan fördert ein besseres Bewusstsein für die eigenen physischen Grenzen und so auch die Fähigkeit, sich besser abgrenzen zu können.

Filter setzen: Deine innere Tür

Hochsensiblen fehlt, wie du bereits weißt, eine Art Filter, der die eintreffenden Reize sortiert. Auch wenn dieser Filter grundsätzlich fehlt, kann man mit ein bisschen Übung selbst dafür sorgen, sich vor Überreizung zu schützen und sich stärker von Außenreizen abzugrenzen.

Um deine eigenen Filter zu setzen, stelle dir in Situationen, in denen du mit vielen oder auch sehr intensiven Reizen konfrontiert bist, bildhaft vor, wie du eine innere Tür schließt und verriegelst und die Reize, die du nicht hereinlassen willst, draußen bleiben. Das mag jetzt vielleicht erstmal seltsam klingen, aber die Visualisierung einer solchen inneren Sperre wirkt mit etwas Übung tatsächlich ein wenig wie ein Filter. Zusätzlich kannst du dir auch vorstellen, wie diese Tür von jemandem streng bewacht wird und der Wachmann (oder die Wachfrau) nur diejenigen Reize hineinlässt, die du drinnen haben möchtest.

Als Ergänzung dazu kannst du auch Hilfsmittel nehmen, die dir im „echten Leben“ helfen, Reize – und auch Personen, die dir nicht gut tun – aus deinem Wahrnehmungssystem fernzuhalten. Nutze beispielsweise Blockier-Funktionen in sozialen Netzwerken, schalte Kommentarfunktionen aus, archiviere alte Unterhaltungen, setze dir Limitierungen für die App-Nutzung auf deinem Smartphone oder schalte es auf stumm beziehungsweise ganz aus, distanziere dich von Personen, deren Gesellschaft dir nicht angenehm ist, schließe die Rollos oder Vorhänge, wenn es dir zu hell ist, nutze Ohrstöpsel, wenn es dir zu laut ist.

Nutze Mutter Natur

Hochsensible Menschen fühlen sich meistens mit der Natur sehr verbunden. Dementsprechend hat die Natur auch eine besondere Wirkung auf sie und lässt hochsensible Menschen zur Ruhe kommen.

Somit kann man die Natur als Ankerpunkt nutzen, um runterzukommen. Dabei bieten sich verschiedene Methoden an. Zunächst kann ein einfacher Spaziergang helfen. Dieser sollte beispielsweise in einem Wald stattfinden, wo nicht viele Menschen sind, damit man sich als hochsensibler Mensch lediglich auf sich und seine Empfindungen konzentrieren kann. Während des Spaziergangs besteht dann die Aufgabe darin, mit allen Sinnen zu empfinden. Das bedeutet primär zu gucken, was man sieht, riecht, fühlt und hört. Darauf sollte man seinen Fokus legen, um die Natur bestmöglich in sich aufzunehmen. Der Spaziergang kann prinzipiell mit einer Vertrauensperson stattfinden, allerdings sollte diese sich dann ebenfalls auf diese Art des Spazierengehens einlassen.

Außerdem kann das bewusste Atmen in der Natur wohltuend sein. Dafür sucht man sich erneut einen ruhigen Platz in der Natur und legt sich mit dem Rücken auf eine Decke. Dann streckt man die Beine aus und legt die Arme ausgestreckt neben seinen Körper. Danach atmet man bewusst ein und aus. Dabei wird jeder Atemzug nachgespürt. Auch auf die Sinne wird erneut geachtet, sodass man mindestens eine Minute pro Sinn nachspürt, was man empfindet.

Der Gang in die Natur wird bei jedem Kontakt einer hochsensiblen Person dabei helfen, sich zu entspannen. Dementsprechend sollte vor allem vor oder nach Situationen der Überforderung der Natur ein Besuch abgestattet werden, aber auch sonst, wann immer einem danach ist.

Das Wichtigste in Kürze

✓ Kleine Übungen und Rituale helfen dabei, Überreizungen zu reduzieren und Abstand zu anderen Menschen und dem stressigen Alltag zu gewinnen. Außerdem helfen sie bei der Stärkung hochsensibler Menschen.

- ✓ Atemübungen haben einen positiven Effekt auf die emotionale und seelische Verfassung. Dabei reicht schon das bewusste Ein- und Ausatmen.

- ✓ Meditation fördert die Fähigkeit, sich vom Alltag abzugrenzen und so gelassener und entspannter zu sein.

- ✓ Um den Kontakt zum eigenen Körper aufgrund der Reizüberflutung nicht zu verlieren, hilft der „Body Scan“ dabei, die Verbindung wieder herzustellen. Dabei geht es um das aktive Wahrnehmen des eigenen Körpers ohne Bewertung.

- ✓ Setze aktiv Filter, indem du dich Herausforderungen stellst und dich von gewissen Situationen bereits im Voraus fernhältst.

- ✓ Die Natur hilft hochsensiblen Menschen dabei zu entspannen und zur Ruhe zu kommen. Dementsprechend ist es ratsam, die Natur aufzusuchen und dort mithilfe seiner Sinne – Hören, Riechen, Sehen und Fühlen – alles nachzuempfinden.

Kapitel 8: Wie kann man Hochsensible unterstützen?

Wie du siehst, gibt es zahlreiche Dinge, die man als HSP selbst tun kann, um leichter und entspannter durch den Alltag zu kommen. Darüber hinaus können auch Angehörige, wie Partner, Familienmitglieder, Freunde und Kollegen ihren Umgang mit hochsensiblen Menschen so gestalten können, dass sie darin unterstützt werden, die negativen Auswirkungen der Hochsensibilität möglichst gering zu halten, ihre Fähigkeiten und Potentiale voll zu entfalten und Konflikte und Auseinandersetzungen möglichst gering zu halten.

Der erste Schritt dafür ist, die Hochsensibilität zu verstehen. Das bedeutet, darüber Bescheid zu wissen, was bei der HSP anders ist als bei vielen anderen Menschen und auch zu verstehen, warum diese Person auf spezifische Weise auf Reize reagiert. Vielen Außenstehenden fällt es schwer, sich vorzustellen, wie es ist mit dieser besonderen Wahrnehmungsfähigkeit zu leben und interpretieren das Verhalten von hochsensiblen Menschen als Überempfindlichkeit oder gar Neurotizismus. Oft sagen sie den Betroffenen, sie sollen „sich nicht so anstellen“ oder „nicht so eine große Sache draus machen“. Solche Reaktionen verstärken aber nur die spezifischen Probleme von hochsensiblen Menschen. Sie fühlen sie nicht richtig und nicht angenommen, so wie sie sind.

Das Wissen und Verständnis darüber beziehungsweise dafür, dass Hochsensible nicht absichtlich so sind, sondern sie aufgrund ihrer besonderen neurophysiologischen Veranlagung so reagieren und handeln, wie sie es oft tun, hilft ungemein dabei, anders mit ihnen umzugehen. Nimm die hochsensible Person so an, wie sie ist, mache keine Vorwürfe oder kritisiere die Reaktionen nicht – und nimm die emotionalen Reaktionen nicht allzu persönlich.

Versuche auch, dich weniger auf die Unterschiede zwischen dir und der HSP zu fokussieren und nimm Gemeinsamkeiten in den Blick. Natürlich lassen sich Konflikte aufgrund gegensätzlicher Interessen, Wünsche und Bedürfnisse nicht vermeiden, aber der richtige Umgang damit kann Eskalationen und Verletzungen vermeiden. Wichtig ist, stets einen konstruktiven Umgang mit diesen Situationen zu pflegen. Versuche, auf Vorwürfe und Anschuldigungen zu verzichten und bringe sachlich hervor, was dich irritiert oder ärgert. Welche Gefühle löst das Verhalten der HSP bei dir selbst aus? Welche Bedürfnisse hast du selbst? Zeige ein offenes Ohr für die Empfindungen, Wahrnehmungen und die Grenzen deines Gegenübers. Respektiere sie und nimm diese an, ohne sie zu bewerten. Höre zu, nimm die HSP ernst und zeige ihr Wertschätzung, auch wenn ihr nicht immer einer Meinung seid.

Ein besseres Verständnis für die spezifischen Eigenheiten Hochsensibler hilft auch dabei, sich mehr auf das Positive und die Gemeinsamkeiten, statt auf die Unterschiede zu konzentrieren. Versuche dies zusätzlich zu unterstützen, indem ihr gemeinsame, angenehme Erlebnisse und Aktivitäten teilt.

Für hochsensible Menschen sind Ruhepausen und Rückzugsmöglichkeiten von essentieller Bedeutung, um in Balance zu bleiben und sich vor Überreizung und Überforderung zu schützen. Zeige Verständnis dafür und respektiere dieses Bedürfnis. Gebe der Person genug Raum, sich zurückzuziehen und lasse sie in Ruhe, wenn sie Zeit für sich braucht. Wenn ihr als Familie zusammenlebt, vielleicht sogar mit Kindern – dann kannst du die HSP unterstützen, indem du dafür sorgst, dass auch andere dieses Ruhebedürfnis achten und respektieren. Hilf ihr, Auszeiten zu haben, indem du die auf sie eintreffenden Reize – vor allem negative – reduzierst, für mehr Ruhe, Ordnung und Struktur sorgst und gezielt mehr positive Reize in den Alltag bringst – zum Beispiel durch Aufmunterung und ausgleichende Aktivitäten wie gemeinsame Hobbies, Spaziergänge und Entspannung.

Im Hinblick auf die stärkere Neigung zum Grübeln und Sorgen ist es für hochsensible Menschen hilfreich, wenn ihnen Gelegenheit gege-

ben wird, sich über die belastenden Gedanken auszutauschen. Schenke ihr ein offenes Ohr und ermögliche es ihr, den Kopf „auszuleeren“. Höre zu, sei verständnisvoll und versuche auf Bewertungen zu verzichten.

Natürlich lassen sich nicht alle Konflikte und Probleme im Alltag mit Hochsensiblen vermeiden, aber eine erhöhte Aufmerksamkeit für typische Symptome einer drohenden Überreizung kann dabei helfen. Wenn du also wahrnimmst, dass dein hochsensibler Partner, Freund, Kollege oder Angehöriger Anzeichen von Überlastung, Erschöpfung, Ruhelosigkeit oder Stress zeigt, dann versuche, für die Person da zu sein. Frage, wie es ihr geht, was sie stresst, und was sie braucht, um sich besser zu fühlen. Frühzeitiges Eingreifen und Reduzieren von belastenden Reizen ist die beste Maßnahme, um Überreizung, Erschöpfung und einer Eskalation von Konflikten vorzubeugen.

Das Wichtigste in Kürze

- ✓ Es gibt zahlreiche praktische Übungen, die hochsensiblen Menschen helfen, besser zu entspannen, sich besser abzugrenzen und die Verbindung zu sich selbst zu stärken. Hierzu zählen beispielsweise Atemübungen, Meditationen, der Body Scan oder auch Übungen zum Stärken des eigenen Wahrnehmungsfilters.
- ✓ Außenstehende können HSP auf verschiedene Weise unterstützen. Besonders hilfreich hierfür sind das Entgegenbringen von Verständnis, Wertschätzung und Respekt, das Achten und aktive Unterstützen von Rückzugs- und Ruhebedürfnissen, ein angemessener, sachlicher Umgang mit Konflikten und aufmerksames Zuhören.

Kapitel 9: Fragen und Antworten

Zum Abschluss dieses Buches folgen nun Antworten auf Fragen, die du dir vielleicht beim Lesen der vorhergegangenen Kapitel gestellt hast.

Ist Hochsensibilität vererbbar?

Wahrscheinlich. Es wird angenommen, dass es sich bei Hochsensibilität um eine genetisch bedingte Veranlagung handelt. Daher kann davon ausgegangen werden, dass Hochsensibilität vererbt wird. Gestützt wird diese Annahme unter anderem dadurch, dass Eltern von hochsensiblen Kindern oft ebenfalls hochsensibel sind. Es lässt sich aber nicht ausschließen, dass Hochsensibilität darüber hinaus auch im Laufe des Lebens erworben werden kann.

Ist Hochsensibilität eine Krankheit?

Nein, Hochsensibilität ist keine Krankheit. Es handelt sich um ein Persönlichkeitsmerkmal. Personen, die über dieses Merkmal verfügen, weisen, bedingt durch ihre neurophysiologischen Strukturen eine andere Reizwahrnehmung und -verarbeitung auf. Dies kann unter gewissen Bedingungen zu Krankheiten führen, jedoch nicht grundsätzlich.

Ist Hochsensibilität wissenschaftlich anerkannt?

Hochsensibilität stellt ein vergleichsweise junges Themengebiet in der wissenschaftlichen Forschung dar, deshalb besteht unter Forschern teilweise noch Uneinigkeit darüber, ob es sich hierbei tatsächlich um ein eigenständiges Phänomen und Forschungsgebiet handelt. Das wissenschaftliche Interesse und auch die Forschungsaktivität nehmen aber stetig zu und die wissenschaftliche Anerkennung wächst.

Wie zuverlässig sind Test zur Feststellung von Hochsensibilität?

Die Ergebnisse von Hochsensibilitäts-Tests können Hinweise darauf geben, ob eine Hochsensibilität vorliegt. Zu 100 Prozent verlässlich sind diese jedoch nicht. Ebenso wie es sein kann, dass der Test bei einer nicht-hochsensiblen Person positiv ausfällt, ist es möglich, dass jemand hochsensibel ist, im Test aber nur relativ wenig Punkte erreicht. Je besser man über Hochsensibilität Bescheid weiß und je besser man sich selber kennt, desto besser erkennt man auch, ob man selbst hochsensibel ist.

Wie verbreitet ist Hochsensibilität?

Schätzungen zufolge sind etwa 15 bis 20 Prozent der Weltbevölkerung von Hochsensibilität betroffen.

Sind Frauen häufiger hochsensibel als Männer?

Es wird davon ausgegangen, dass Hochsensibilität grundsätzlich unter Männern und Frauen gleichermaßen verbreitet ist. Frauen setzen sich kulturell bedingt jedoch häufiger mit Hochsensibilität und den damit verbundenen Aspekten auseinander und können aufgrund der gesellschaftlich bestehenden Geschlechtsrollenbilder oft eher zu ihrer besonderen Eigenschaft stehen. Daher entsteht leicht der Eindruck, Hochsensibilität sei unter Frauen verbreiteter.

Lässt sich HSP reduzieren der "heilen"?

Nein. Da Hochsensibilität keine Krankheit ist, ist eine Heilung auch gar nicht erforderlich. Stattdessen sollten Betroffene, die unter den Auswirkungen der Hochsensibilität leiden versuchen, ihre Bedürfnisse im Alltag besser zu berücksichtigen und sich gezielt von zu vielen Reizen und ungünstigen Umwelteinflüssen abgrenzen.

Schlusswort

Nachdem du umfassend informiert bist, was es mit der Hochsensibilität auf sich hat, kannst du nun besser einschätzen, ob du hochsensibel sein könntest. Dementsprechend kann es sinnvoll sein, diese Vermutung weiter zu ergründen, um zu wissen, ob es tatsächlich auf dich zutrifft oder nicht. Denn nur dann kannst du deine Hochsensibilität in deine Wunderwaffe verwandeln und dich dadurch nicht länger einschränken oder dein Leben davon bestimmen lassen.

Wenn dir dieses Buch gefallen und geholfen hat, dann würde ich mich sehr über dein Feedback freuen. So kannst du anderen Menschen ebenfalls dabei helfen, dass sie die Hochsensibilität für sich entdecken.

Gehe dazu auf

www.amazon.de/ryp

und hinterlasse eine Rezension - du kannst das in 2 Minuten erledigen und hilfst mir und anderen zukünftigen Hochsensibilitäts-Interessierten dadurch enorm weiter.

Viel Spaß und viel Erfolg

Paula Weinbach

Weitere Werke von KR Publishing

Konfliktfrei durch
Gewaltfreie Kommunikation

- Johannes Lichtenberg -

In diesem Buch erfährst du:

- ✓ Wie du Konflikte gewaltfrei löst.
- ✓ Wie du eine Beziehungen langfristig verbessern kannst.
- ✓ Wie du deine Gesprächspartner unbemerkt analysieren kannst.

Und noch Vieles mehr!

ESSENTIALISMUS

- Johannes Lichtenberg -

In diesem Buch erfährst du:

- ✓ Wie du täglich Zeit dazu gewinnst, wenn du dein Leben auf das Essentielle reduzierst.
- ✓ Wie du mental aufgeräumter wirst und so zu mehr Klarheit gelangst.
- ✓ Wie du durch Weniger im Leben, stressfreier und besser lebst.

Und noch Vieles mehr!

Die Klartraum Methode

- Paula Weinbach -

In diesem Buch erfährst du:

- ✓ Wie du jeden Tag zusätzlich einige Stunden an wertvoller Zeit gewinnst.
- ✓ Wie du dein Unterbewusstsein erforschen und programmieren kannst.
- ✓ Wie du komplexe Probleme im Schlaf löst und kreativer wirst.

Und noch Vieles mehr!

Lust auf mehr? Unser Geschenk an dich!

Vielen Dank für den Kauf von diesem Buch und deinem damit verbundenen Vertrauen in uns als Herausgeber und in Paula Weinbach als Autorin dieses großartigen Buchs. Das bedeutet uns wirklich viel, weshalb wir dir den Ratgeber „Habit Hacks – 10 unscheinbare Schlüssel Gewohnheiten, die dein Leben verändern", als Download schenken – vollkommen gratis! Zudem möchten wir dir die Möglichkeit eines direkten Austauschs mit der Autorin anbieten. So kannst du z.B. deine Fragen, dein Feedback oder deine Anregungen Paula zukommen lassen – eine tolle Möglichkeit für die Kommunikation zwischen Leser und Autorin!

Diese kleinen und unscheinbaren Schlüssel Gewohnheiten verändern dein Leben - erfahre:

- ✓ wie eine kleine Veränderung beim Duschen deine Disziplin stärkt und dir einen Energiekick verschafft...
- ✓ wie eine Prise Salz dir einen Kickstart am Morgen verschaffen kann...
- ✓ wie eine kleine Einstellung an deinem Smartphone & Computer deinen Schlaf verbessert...
- ✓ noch weitere geniale und unscheinbare Habit Hacks!

Wenn du bereit bist, dein Leben mit einigen simplen Habit Hacks auf das nächste Level zu bringen, dann gehe jetzt auf

www.KRPublishing.de/hsf

und sichere dir dein kostenloses Exemplar als digitalen Download.

Impressum

Herausgeber:

KR Publishing UG (haftungsbeschränkt)
Mundsburger Damm 26
22087 Hamburg
Deutschland

Printed in Poland
by Amazon Fulfillment
Poland Sp. z o.o., Wrocław

72938841R00063